湖南省作家协会
重点扶持作品

云上的年轮

YUNSHANG DE
NIANLUN

魏佳敏

著

北方文艺出版社

图书在版编目(CIP)数据

云上的年轮 / 魏佳敏著. —— 哈尔滨：北方文艺出
版社，2023.1

ISBN 978-7-5317-5587-6

Ⅰ.①云… Ⅱ.①魏… Ⅲ.①长篇小说–中国–当代
Ⅳ.①I247.5

中国版本图书馆 CIP 数据核字(2022)第 112396 号

云上的年轮
YUNSHANG DE NIANLUN

作　者 / 魏佳敏
责任编辑 / 张贺然　　　　　　　　装帧设计 / 云上雅集
出版发行 / 北方文艺出版社　　　　邮　编 / 150008
发行电话 / (0451)86825533　　　　经　销 / 新华书店
地　址 / 哈尔滨市南岗区宣庆小区 1 号楼　　网　址 / www.bfwy.com
印　刷 / 长沙市精宏印务有限公司　　开　本 / 880mm×1230mm　1/16
字　数 / 210 千　　　　　　　　　　印　张 / 15.5
版　次 / 2023 年 1 月 第 1 版　　　印　次 / 2023 年 1 月 第 1 次印刷

书　号 / ISBN 978-7-5317-5587-6　　定　价 / 78.00 元

自序

　　我笔下的瑶山，自然就是指自己生活工作的地方，一个名叫"江华"的瑶族自治县。"该县隶属湖南永州市，地处潇湘之源，与湘、粤、桂三省（区）接壤，面积达3248平方公里，人口达51万之多，以瑶族为主，是中国13个瑶族自治县中瑶族人口最多的县，被誉为'神州瑶都'。蜿蜒苍莽的五岭山脉萌渚岭山系盘亘其中，县域内最高峰姑婆山海拔竟达1703米。"尽管用如此精准的数字与术语来描述，但给读者的感觉与印象，瑶山还是混沌模糊的一团，缭绕在远方迷茫的白云间。因为真实的千里瑶山，无法凭借这么一段枯燥的文字就能将其搬到纸上。语言文字的作用，仅是用符号来传达意义，以唤醒人们某些记忆与经验，使其得到某种梦幻般的呈现。正是为了能获得这样一个美好之梦，我才渴望用自己的文字来抒写这云上瑶山，在江华十几年的如痴如醉，便留下了这些与瑶山有关的浅薄文字。

诚然，笔下所写的这些人和事，大都是那么平常无奇，普通至极，且多半屈居底层，难以为人所知。只是常常庆幸诞生于内心的这些语词，全都深深地浸透了生命的各种体验，虽然和自己的平淡人生一样，是卑微、懦弱、草根的，都是大地上最不起眼的尘屑细物，但它们又恰好铺就了一条抵达到现实之外的神奇路径，让自己与瑶山里的物与人产生了某种精神交流，打开了一个独属于自己的心灵世界。虽然在现实生活里，为开辟出这条路径，经历了不少艰辛与磨砺，付出了很多，失去的也很多，但仍"衣带渐宽终不悔"。人各有志，命由天定，一条道走到黑，倘若黑的尽头仍是黑，那就让自己做只小小的萤火虫吧。何况穿越千年烟云，和我同行的，还有瑶族这么一个"永远在路上"的古老神秘民族，他们正是心怀一个寻找生命家园的亘古之梦，才祖祖辈辈，世世代代一路走来，撒播、散居在岭南山脉的道道皱褶里。

和许多创作者一样，这盘踞于我内心的绵延瑶山，它绽放的原点，正是孕育诞生我生命的故乡，一个现实里叫作"到江源"的偏僻山村。尽管该村地处湘南道州西北一隅，并不在江华县域内，但却和千里瑶山的瑶寨别无二致，全是吊脚楼、古树、高山、溪流、野花、香草，还有古歌、巫术与传说，成了我精神窠巢最坚实的构件。奇巧的是，我的外公，一个黄氏族人，竟是唐宋时期莫徭蛮裔，与当今的瑶族应该是有着共同的血脉勾连。母亲虽已离世数载，毫无疑问，我的身骨里却还涌流着她的，也是瑶家人的血水。多年前回了一趟故乡，风物仍在，母亲却无。一种难以言表的惆怅、失意与痛楚满怀于心。从此，在笔下，便将故乡唤作"母地"，在一组文字的题记中我是这样解释的："在离乡人的敏感内心里，'故乡'这个语词已太过公共化了，冷硬，老旧，无法将他的生命原址重新唤出。按这个湘南山寨的古老习俗，一个人生出来了，包裹他血肉的那件母亲的小小胞衣会被埋入泥土里，化为这片大地的一部分。因此，'母地'一语便从离乡人撒满方言土语籽粒的梦里生长了出来，微颤几下，如同一束小小的光，照亮了他的心灵屋宇。"

时光如轮，华发已生。愚顽不化的我，内心的语词絮絮叨叨，词不达意犹如瑶山永在远方一样，权是那久违溪流与山风的浅唱低吟而已。人生在世，情当永珍。我该向淳朴善良的瑶家人学习与致敬，永怀一颗感恩的心，感恩那些给自己文学与人生之路以指导、教诲、帮助过的所有老师、领导、文友和亲人，正是您们，才让我走到了今天，走进了瑶山……

作于 2014 年 9 月 4 日，改定于 2022 年 1 月 19 日

目录

01

洗亮了心灵之耳
谛听祖先的清音

02
成为火中的火，
光中的光

03
唱念着谁也听不懂的咒语，
似与神灵在窃窃私语

04

一个喜欢栖居在
梦里的民族

05

母亲的心
做了护我身子的襁褓

06

她双眼死死盯着那簇簇火焰，
仿佛要将它们纳入内心，
永远禁锢在自己的孤独灵魂中。

07

一圈圈，暗划了我一生的轨迹

01

第一辑

洗亮了心灵之耳
谛听祖先的清音

骨
音

******

一

骨头不是石头，泥土迟早要将它化成一段生命的根，在大地上，以树的形式复活。瑶家人从无数细枝末节里看到了祖先的面庞，从每一条叶脉里寻到了自己的血源，从每一个树瘤中看到了岁月的堆积，从每一道裂口里窥见了心灵的伤痕，从每一道纹理中抚摸到了祖先额上的皱纹，还有大地手心里迁徙的路径……

瑶家人砍下这棵树，制作成一具状如祖先根骨的长鼓，背着它一路敲击一路漂泊：嗵啪嗵梆、嗵嗵梆，嗵啪嗵梆、嗵嗵梆……鼓声里沾满了大地的呼吸、生命的颤栗和神灵的低吟，依稀可辨祖先的身影。

二

长鼓被火塘里的柴烟熏得乌黑，被双手抚得油亮，若隐若现地露出暗红的筋络，一如时光水般流过。

香烟在堂屋里四散缭绕，月光在水缸里悠然晃荡，那张由一具老树桩雕成的四方桌摆在堂屋，树桩上还隐隐垂有许多活的树根，附在大地上。桌上的桐油灯点亮了神秘的黑夜。一个人手持长鼓，跪伏在神龛前。先是长久地凝神注视着，像是在虚无里看到了什么，接着便嘴唇轻轻抖动，默念着无人听懂的咒语。在他的召引下，虔诚至极的瑶家人便渐渐走进了自己的内心。

大家洗亮了心灵之耳，静穆地等待着，等待着祖先的根骨发出那第一粒清音。

嗵啪嗵梆、嗵嗵梆，嗵啪嗵梆、嗵嗵梆……可是瑶寨老阿公苦难的叹息？是盘王祖先那魂魄的呼唤？还是大地之母传来的呢喃？鼓声幽咽，鼓音低沉，一如祖先归来的足音，铿锵的节奏里分明包裹着粒粒生命的种子，充当"播公"的人将这些种子播进了瑶家人心中的圣地……他们的精神为之一颤，久违的泪水不禁缓缓涌出，成了浇灌大地的雨水。

三

此时，他跃上了那张四方桌，踏着鼓声的节拍，围着幽幽的灯火，跳起了古老而神秘的长鼓舞。灯火摇曳，他的舞姿和昏暗的身影，投射到四面古旧的木壁上，那黑色的剪影好似灵魂逃离了肉躯的束缚，与神灵在共享着自由的狂欢。

一袭黑衣，依仗手中的长鼓抵达了神灵的王国，成了与祖先对话的使者。那粒粒鼓声的种子开始萌芽，抽枝，长叶。渐渐地，一个虚无的精神世界便从他迷癫的舞姿召唤出来——心地上生长出了香草、青藤，还有祖先的古树。山风送来白云，流泉打湿鸟儿的清音，悠闲的羊儿在青草中嬉戏……瑶家人那纯净如水的心地里开满了无数朵圣洁的莲花。嗵啪嗵梆、嗵嗵梆，嗵啪嗵梆、嗵嗵梆……大莲花、小莲花、红莲花、白莲花，朵朵都是这样的美丽，一如瑶家女人们在瑶风中盛开的神姿。

那张充当舞台的小方桌早也不再是一张物质世界的方桌，而是汲取了大地的精气，化为了一朵金光四射的巨莲。桌子中央的那颗灯火则化作了熠熠闪耀的花心莲蕊。他便成了一位莲中的圣者，用他那追魂摄魄的鼓点，和形迹魅惑的舞姿将瑶家人内心里对生活、对祖先最美好、最神圣的期盼和祈祷暗示了出来。心灵里那棵祖先的古树和绵连的常春藤缠绕到了一起，踏遍千山万水的盘王子孙们终于停止了漂泊，在古树下开始建房造屋、生儿育女、建设起自己的家园。鼓声不断，舞姿不停，让瑶家人的内心里拥有一个最美好的精神家园吧！嗵啪嗵梆、嗵嗵梆，嗵啪嗵梆、嗵嗵梆……什么招鼓拜鼓跌鼓升鼓、什么扫鼓菜鼓夹鼓奶鼓，直至众人共舞，跳起了欢庆的齐鼓舞……一个新的家园便栖居在了大地上。火塘燃起来了，瑶家的男人和女人双双牵着手，走进新建的家，唱起了缠绵多情的古歌，开始孕育一代又一代的盘王子孙……

四

嗵啪嗵梆、嗵嗵梆，嗵啪嗵梆、嗵嗵梆……
长鼓，长鼓，祖先的根骨，还乡的行路……
嗵啪嗵梆、嗵嗵梆，嗵啪嗵梆、嗵嗵梆……
长鼓，长鼓，大地的心音，生命的神巫……

瑶
糯

******

一

祖先用粗糙的手，捧起你，颤抖着放进古陶，其实就是将你藏进了心里。古陶上刻绘着的这只神鸟，嘴里衔着一枝饱满的谷穗，披着五彩祥云翩翩而来，可是你飞翔在祖先梦中的剪影？

一万年后见到你，泥土还原你以黑夜的颜色，成了遗落在祖先心头的太阳黑子，是光的堆积，血的凝固，火的形骸，更是那神鸟穿越亘古的粒粒啼音。

祖先的子孙，因了你的喂养，皮肤如你的外壳是一样的黄色，肉身如你的胚乳是一样的饱满和白净，而血液里流着的，是将你酿制而成的古酒——一种催化生命激情和热望的燃烧之水，甚至子孙们的灵魂也有你黏糊如泥的性格，多情，细腻而又缠绵。

难怪祖先用"糯"这个字来称呼你，糯禾，糯谷，糯米。糯，一个神赐的名字，一个发自心底的呼唤，一个对自家骨肉最亲切的昵称。

二

若说生命是一个谜，瑶糯，你便是这谜中的谜。如同一个诡异的夜行人，隐藏了所有的来路，自负的科学家绞尽脑汁，也无法寻觅到你一丝来源的踪迹。你将自己的生命之秘藏在了一种被称为"隐性基因"的神符里，在野生稻禾的家族里，这会让你无法自生自灭，一定是那神鸟穿过远古的雨季，来到多泽的南方，衔着这枝饱满的稻穗，将你馈赠给了祖先。

从此，祖先用劳苦的双手拯救了你，让你在泥土和雨水的呵护中苦壮成长，用自己沉甸甸的谷穗回馈大地，以谷粒、米饭和甜酒作为你的一种精气化身，融入人间烟火，走进祖先们的苦难生活。

在祖先们原初的内心，你被供奉为神灵，支撑起了祖先们蒙昧的精神穹窿。是你，让祖先的肉身化为了大地的泥坯，雨季的情丝，云彩的梦幻，日精的璀璨，月华的皎洁。是你，给了祖先坚硬如陶的阳刚之骨，温柔似水的妩媚之容。

三

一万年并不算太久，在瑶山的寨子里，瑶糯，今天你仍是神祇，被敬奉在瑶家人的神龛上。

在这里，你不只是以长在水田里的一株卑微的禾苗存在着，也不只是以一颗颗雪白的米粒照耀着瑶家人的生活，而是蜕化为一种生命之核……

在月光如水的夜晚，瑶家小伙和姑娘们总会唱起缠绵的盘王古歌，跳起古老的长鼓舞，一边在熊熊的篝火旁祭祀着盘王始祖，一边在朦胧的月光下寻找着他们的爱情。有人会戴上那神秘的傩面，扮演着傩神，举行虔诚的祭祀仪式。

凉风阵阵，傩影如魅，那傩神可是你降临人间的另一个显形?

四

瑶寨里那只古老的大石臼还在吗？瑶糯，你可知道，这正是你生命的熔炉，历经千捣百揉之后，你将会以一道叫作"糍粑"的吃食给瑶家人以口福，以自己的肉躯捏塑瑶家人的身体，以自己的绵柔哺育瑶家人的心灵。

或是节日，或是婚丧嫁娶的重要之时，瑶家人最重要的一道吃食，便是这糯米做的糍粑。想象一下，糯，从你开始下种，到耕田，插秧，灌溉，施肥，收割；你一路完成萌芽，分蘖，抽穗，灌浆，直到落色成熟，这番辛劳而又艰难的历程，既是瑶家人一年的命运苦途，也是你完成一次生命轮回的经历，其中，浸透着瑶家人太多的汗水和心血，饱含着大地对你的恩惠，雨水对你的叮咛，还有日月对你的抚摸。

现在，你露出白玉之躯，置身于一个木制的蒸笼，沐浴着水的蒸汽，犹如一位坐在轿中的瑶家新娘，开始踏上了你另一条新生之旅。沐浴过后，你便投身到那古老的大石臼里，去承受两位瑶家汉子的捶捣。瑶家汉子粗壮如牛，手里持的木杵也粗大如椽。他们粗犷的动作恰如一种劳动的舞蹈，欢快，激情，而又充满了某种野性的原力。

当你在这痛苦而又幸福的捶捣中开始脱胎换骨，结成了一团黏糊糊的糯泥时，瑶家女人们便会从石臼里小心翼翼地将你掏出，铺到一张撒满了糯粉的桌上，开始将你揉捏成一个个圆月似的糍粑。瑶家女人在细揉慢搓地制作过程中，是那样的开心和快乐，常常惹得吊脚楼里嬉闹一片。她们还会齐声唱起串串情歌，这歌声也揉进了手中每个糍粑的黏绕之情，绵连曲折，余音不绝，勾人神魄。

神糯，你就在瑶家人这种心灵仪式化的道道工序里完成了从糯米到糍粑的转变，获得了你生命的涅槃。而瑶家人也一定从中领悟到了你的神谕，明白了生命里那最神奇的原初之秘……

竹

笕

******

竹，长久地埋在心里，隐约中，她只是涂在古画上的数笔墨痕，是老家后山上一抹童年的绿云。命中注定，本是草的她，因长了树的姿容，便被高士们视为知音，与正直、高洁这类词语纠结到了一起。但竹又只是竹，一种长在大地上的草木。她需要日晒雨淋，需要土培水育。空谷溪畔是她的家，云影鸟语是她的伴，清风明月是她的魂。

瑶寨里的老阿公，独自住在竹林里，守了一生，竹搭的寮棚为他遮风挡雨，竹编的篾席为他裹身做床，竹笋煮的美味是他的佳肴，竹根做的烟斗为他养神。他一生都没有结婚，藏在梦里的那位瑶家姑娘一定是有着竹的婷婷倩影。他无儿无女，林里的每一棵竹子便是他的亲人，谁砍了一棵竹，他会心疼得像是割了自己的心头肉。他还是瑶寨里唯一的巫师，会跳长鼓舞，会唱盘王歌，会念神秘的咒语，据说还能通神灵。瑶寨里的婚丧嫁娶或是什么别的重要事情，老阿公常被请去举行祭祀仪式。老阿公孤独了，还会吹芦笙，那音韵染了竹子的翠色，清幽无比，会将人的心吹出皱纹来。老阿公是和竹站在一起看世界的。他的脑子和脚下的大地一样，冒出来的事物，也是草木和虫子。他心底里铺满的，也是野花落叶与尘露。和瑶家人一样，老阿公又最懂得如何去呵护竹，去尊重竹的性情——他知道如何让一根笋芽长大成竹，立于天地间，知道如何去松土施肥，知道如何去浇灌整枝。就是去山里挖笋，老阿公也都是挑一些畸形怪异、无法出土成活的挖。

在瑶家人的心间，竹也是一种极为神圣的植物。他们认为，竹能辟邪驱鬼护佑众生。于是，瑶家人会虔诚地祭祀竹神。如有人被惊吓了，他们会请老阿公来招魂，老阿公用竹竿撑起一个草人，游走于路上，不停地呼唤着这人的名字，叫他快快回家，意思就是把他的魂魄唤回。

二月初一赶鸟节，老阿公在竹林里的很多竹枝上沾满糍粑供奉鸟神，辛苦了大半天，鸟儿并没吃上多少糍粑，大部分却被孩子们偷吃了。

盘王节那天，瑶家人还会举行隆重的"跳鼓坛"仪式。这也是老阿公最为风光的一天，他会喝上几大碗瓜箪酒，乘着醉意尽情跳起长鼓舞，唱起古老的盘王大歌，还会戴上竹刻的傩面，接受大家的虔诚敬拜。就这样，竹以一种朴拙的信仰蜕去了她的物质形骸。

竹在高士手里被当成笔，蘸上墨水去涂鸦心迹。在瑶家人手里最常用的，是将竹砍来剖成两半，再打通竹节，当成引水用的竹笕。瑶家人会在山中寻找一股极好的泉眼，将竹笕引回自家的吊脚楼，让那一泓细泉注入一个木制的大水桶。

老阿公引水的竹笕竟然长达一两里路远，蜿蜿蜒蜒，宛如一种生灵投射在瑶家山寨里的妖娆倩影。此时，竹又以卧倒的姿势和大地相拥相偎，她穿岩过林，蛇行而来，满载着哺育瑶家人的山乳，将自己生命的清香悄悄释入其中，直至与瑶家人血脉相融。

瑶

浴

******

在瑶家火塘旁，常常会放置着一只大木桶。古旧，油亮。在夜的遮蔽下，黑乎乎一片，它似乎又还原成了泥土的模样。这正是瑶家人的"魂蛹"——一件用来洗身沐心的重要器具。

将大树躯干的一截掏空，刷上厚厚的桐油，内里盛上配以野花香草熬成的药汤，人再赤身泡于其中，这样一种古老而又别致的洗浴方式，瑶家人美其名曰"圣水浴"。一个"圣"字，便足以暗示出这绝不是一种简单的净肤洁体的洗浴行为，而已是一种关乎他们心灵宇宙的神圣精神活动了。历尽漂泊迁徙之苦的瑶家人和大地的关系最亲近，行脚下那条祖先留下的心路指引他们走进了生命的原初之境。树、野花和香草都是大地上诞生的事物，泥土捏塑了他们的形体，流淌在大地上的水又赋予了他们以灵魂。瑶家人便发现人也是一种自生自灭于大地上的事物，用水净肤洁体固然必要，最重要的应是要洗净心灵，以让圣洁的灵魂与万物同在。

当赤身投入这盛满圣水的瑶家大木桶时，在阵阵馥郁的药香中，在朦胧的腾腾热气里，灵魂似乎真的显形而出，一种逃脱了沉重肉躯的愉悦之感瞬间会让你晕眩，让你忘记了自己真实的存在！你不由叹服瑶家人这种源自生命本质的灵根慧心，其实并不比现代文明浅薄和落后。或许，从人的内心出发，同样能窥悟得到生命的秘密。当你神清气爽地洗罢出来后，浑身似乎增加了无穷的原始之力，让你如野兽般想叫想跳，觉得自己成了英雄安泰一般的大地之子。此时你又猛然悟到：瑶家人，一个迁徙在茫茫归途上的苦难民族，一个漂泊在心灵征程上的孤魂浪客，当黑夜来临，除了一餐果腹的饭食和一瓜箪好酒之外，还有什么比这样一场穿透内心、温暖灵魂的洗浴更令他们渴望呢？

瑶家人善良淳朴的本真之心地还会将这种洗浴方式奉献给远道而来的尊贵客人。他们一定是认为只有心与心的赤诚交流才是人与人之间最真挚的情谊。可以想象到，客人裸身于瑶家火塘旁这高高的大木桶里，任凭温热药香的圣水浸遍全身，享受着灵肉分离的自由快乐时，内心定会深切地感受到了主人那真诚备至的热忱之情，这种超越了物质之上的精神奉送，远胜于现代文明里人们那做作的客套和虚假的应酬，人性在此也一定显得更加纯粹和美好。

尤其令人吃惊的是，瑶家人在招待客人洗浴时，还会让女主人，或是待字闺中的女儿去木桶边用一只古老的瓜箪帮助客人添加热水。客人最初当然感到有些尴尬，不过，慢慢地就会放松自然下来。在这样一种圣洁之浴里，谁还能产生邪念呢？在瑶家人看来，女人、母性和大地正是生命之核、正是人性之爱的容器和温床，生命在面对她们时，一定会绽放出美丽的精神之花。随着那一瓜箪一瓜箪的山泉圣水哗啦啦地淋遍你的全身，恰如颗颗晨露滚过你一尘不染的心瓣，大地静穆，生命如神，摄入你心灵之眸的，全是那花蕊中闪烁着的颗颗光粒……

云上的年轮

叶 笛

******

一

木叶，多半状如心形，莫非她也如人的心灵，拥有着丰富而又深刻的情思？

栖居于瑶山深处的瑶家人，是真正匍匐于大地上的使者，一草一木都和他们心心相通。这木叶，他们最喜欢摘来含在嘴里轻轻吹，吹出串串神美无比的旋律，定会将人的心魂勾去……

二

木叶含在嘴里，细细咀嚼，会苦涩无比，难以下咽。或许，最初吹木叶的那位瑶族祖先，一定是在命运的苦途上发现这种苦涩正是一种孤独的滋味。于是，他便停止咀嚼，换成了轻轻吹。这一吹，他便把内心的情思全倾诉了出来，揉化成一种恍若情脉魂弦的独特心音，悱恻缠绵，明亮清越，长久地缭绕在祖先那闪耀着金色阳光的宽额上，直至凝成了道道岁月的皱纹，当然，也澄澈了祖先那双寻找归途的心眸！

木叶，这大地的心瓣，神灵的喉舌，的确是最适合瑶家人当成心笛来表达他们的质朴情结了。

音乐的极致之美，该是心灵的最高虚构，精神的最真刻镂。为了爱情，聪明的瑶家阿哥总能善于即兴吹奏出各种优美动听的曲调，总会将一片痴情融进这悠扬深沉的旋律中，以献给自己的心上人。月光下，泉水边，常会响起阵阵多情的木叶声，似魂泣，如心吟，仿佛将那细细的叶脉抽了出来，化为缕缕金丝银线，绕结成了心上人那美丽的容颜！

这怎能不将爱情俘获呢？

难怪有一首瑶家山歌这样唱道：

堂屋点灯屋角明，
屋后传来木叶声；
木叶好比拨灯棍，
晚上来拨妹的心！

三

沿着这孕育生命的爱情神思而去，便不难领悟到，木叶本身便是一种绿色生命，用这样一种活的天然乐器来演绎心曲，自然是再也合适不过。

初夏时节，大地一片生机，满山满岭便会被瑶家的阵阵木叶声所染成翠绿。这悠长回旋的清音经人的绵长气息裹挟着，如同在大地上有了根脉，被源源不断地从那湿润柔嫩的木叶里震荡而出，似乎光阴之影也被滤染成绿色，凝形绽放了出来，和自然融为了一体。这发自内心的天籁又极似人声，本色原初，灵性十足，浸透了生命的绝美，恰如瑶家人那追恋故乡的赤子之心，在大地上游移飘旋，徘徊不止，令万物动容，天地神往……

听了这生命幻化而成的魂曲妙音，不得不被瑶家人这种超越了文化、直指人性的心之原力而征服。也深深地唤醒了久禁于文明囚室中的现代人那迟钝的心膜，从而和自己枯萎的心灵在声音里终于相遇。

迷醉中，令人不禁恍然顿悟，这种诞生于大地上的生命之音，绝不是独属于这个古老民族的，其实她早就潜藏在我们每个人的内心里！

碓
语

******

　　碓，恐怕是离大地最近的一种器具了。它匍匐于地的姿势，安静，粗犷，就像乡间劳作归来趴身而睡的疲惫父亲。

　　碓的构造是如此的简单和粗糙，真正是大巧若拙。一段从山上砍回的粗长树干，稍加斧削，细的一头劈出长板似的一截踏板，再在颈部横穿一根转轴横杆，就成了一具"十"字形的碓身。树干粗的一头则安上一个细腿似的碓头，碓头的末端又镶上废犁铁打制而成的一副锋利碓嘴，一架像模像样的碓便显出了它的雏形。当然，还要叫那些有力气的粗壮汉子们从河边抬回一方巨大的坚硬麻石，从中开凿出一个上宽下窄的圆锥形的碓坑，埋到一间简陋碓屋的地面里，以让那锋利的碓嘴刚好插入碓坑中。最后将碓的转轴两端嵌入石制的支座，并在踏板的触地处挖一个浅坑，使其能自由地上下运动。这样，碓便可随时等待着主人来使唤，让它获得劳作的生命了。

　　体弱多病的母亲踏起碓来原本就很费力，可她常常还要背上一个小小的我，这就让她要付出更大的力气。她用脚板顽强踏碓的动作一上一下飞动着，就像电影里的慢镜头。我就在这一上一下的颠簸里渐渐长大，世界也渐渐如母亲回头的笑脸般绽放于我的内心。碓在舂着粮食时还能发出

"嘭——，嘭——，嘭——"的沉重响声，这既是碓和大地、和粮食三者间的私语，也是伴我进入梦乡的催眠曲，沉闷里能让人听出生活深深的叹息，钝响中且暗含着命运痛楚的呻吟。后来，母亲的那只用来踏碓的脚便因劳累过度而患上了严重的痛疾，瘦得也如同成了一截细细的碓头。

老实木讷的碓，一生一世就这样屈居于命运的最底层，苦守着清贫的时光，为喂养着草根众生的空空饥腹，任凭行足无尽地践踏。那浸透了劳作者汗水的粒粒稻谷，唯有投身于这小小的碓坑，任其碓嘴的一番痛苦的"撕咬"后，才能蜕去其金黄的华美外衣，裸露出自己那"米"的高贵原形，以跻身于世俗的火堂饭锅，去获得某种生命的升华和精神的涅槃……这很容易让人想起千年前一个叫惠能的唐代樵夫，他就是为了获得生命的大智慧，竟然跑进一个寺庙，腰负顽石（和母亲背着我何其相似），艰苦地踏碓数月，才顿悟到了生命的真谛而成为中国的禅宗六祖。作想一字不识的蛮夫惠能，一定是从每日踏碓的苦累忙活里，从稻谷被碓蜕化为白米的神秘过程中窥视到了生命的某种本质精神，才开启了自己的慧心吧。

故乡母地的那架历尽了时光碾轧的老碓自然早已不复存在。它只是曾经被少年时代的我无数次当成模型和玩具来制作。我不记得我制作了多少个小小的碓，尽管有些制作得也不失惟妙惟肖，但我却从来没有利用它们舂出一粒白米，当然这些小小的碓也无法发出那种叩击大地的闷声沉响。在无数次摆弄着这些小小的碓时，沉溺于内心的我，便一遍遍去想象着母亲踏碓时的情景和声响，同时嘴里还会发出连自己也听不懂的喃喃声，如同和碓在进行着亲密的言语交流。

如同转世投胎，多年后，碓再一次显现于我的眼前，则是在苍莽千里的大瑶山了。在一个偏僻的瑶寨，我看见瑶家人为了驱逐偷吃苞谷番薯的野兽们，竟然在村旁的溪涧谷壑边安装了许多用青竹制作而成的水碓。这种水碓利用水流的推动让其上下运动，去叩击着碓头下的一块石头，从而发出硿硿的声响，以将兽物吓跑。碓在这儿早已放弃了它舂米的重要功能，如同一位修行者历经苦难，终于获得了与世界对话的权力。只是，碓的言语只能说给瑶山里的草木和兽物听，说给山风和流水听，偶尔也说给一些路过瑶山的孤独者听。

没错，置身于这混沌未化的茫茫林海中，凝视着清澈若无的流水款款而来，无休止地推动着这一架架精巧的水碓，恍若神灵一遍遍挥动着他那无形的手，使其发出了此起彼伏的满山空响，在暗暗惊叹瑶家人的聪慧之时，也总会疑心是谛听到了母亲的呼唤，或是某座禅寺里木鱼的古老寂响，令人不免生出诸多的怀想和冥思……

云上的年轮

瑶
茶

******

　　为了寻找到本民族神圣的心灵家园，瑶族同胞们从缥缈的神话和历史深处一路走来，跋涉在逶迤崎岖的高山陡岭间，历尽苦难和艰辛，几经迁徙和漂泊。无论是在那漫长的历史征途上，还是散居在如今南岭腹地的每一个角落和皱褶深处，恐怕最能给他们以温馨和安慰的，便是火了。有了火，他们才能照亮脚下的行程；有了火，他们才能坐下来，烘烤疲惫和寒冷的身子。如不想走了，一家人便围在火堆旁，建屋搭房，长久地居住下来。这堆火便永远不熄，给了瑶家人一个永远的栖身之所……

　　燃起这堆火的那个小小的坑地，便是瑶家人家家户户不可缺少的火塘。这堆永远不熄的火，除了给瑶家人带来暖身热食的现实功能外，更重要的，它还能给瑶家人送去心灵的抚慰和希望，照亮灵魂的屋寨。随着那噼里啪啦柴火燃烧的声音，那被烟火熏黑的大铁锅中山泉水在一簇狂舞火焰地热吻和炙烤下，便咕嘟咕嘟地烧开了。接着，瑶家的女主人，会在一段绵长深情的古老瑶歌声中，开始往锅里放入大把大把的瑶山特有的茶叶，同时伴以大量的生姜，添加油、盐等作料，一边煮，一边用特制的木槌轻轻擂打茶叶，慢慢烧煮，经开水反复滤洗，经火焰反复烧沸，一种被称为"油茶"的瑶家吃食便做成了。女主人会盛进碗里，头一碗必会敬献给家里的长者，或是刚刚劳作回来的丈夫，或是远道而来的客人。

我们可想象出在瑶家山寨里的火塘边，这种叫"油茶"的吃食从火中被主人精心制作出来的那个过程，其实就是一个很动人的过程。其间既深深地融入了那瑶族古歌旋律的无穷韵味，也揉入了瑶家人最淳朴的真情和好客的真诚。这样一种茶的确是最原始粗犷不过，它既没有那些名茶浓厚的高雅离俗，也没有那些佳茗的盛名包装。它就是它，像瑶族同胞的本性一样，粗枝大叶，本真无伪。茶叶是瑶山里老茶树的大叶子，叶脉毕现，一如刻在瑶家人心灵版图上、千百年来迁徙苦途的脉络路径；叶色苍绿，那正是生命最坚韧不拔精神的猎猎之旗。这样的叶子非经水做长久烧煮不可，喝入心中，自然能滋养出代代瑶家人的美好灵魂了。

当然，喝油茶时，往往还会在油茶里放一些炒米花、花生、油炸麻花、葱花、锅巴等拌着吃，有了这几味食品的相伴，油茶的味道便会陡然增色，令你越吃越想吃，越吃才会越体会到瑶族同胞们那古老沧桑的精神血脉里所传达出来的可贵精神，也才可以想象到一个古老民族长年跋涉在崇山峻岭间的艰辛来。自然，油茶要趁热喝才最好不过，尤其冬日里，一家老少围于火塘旁，捧着热气腾腾的油茶，互相传递着喝，像在传递一种生命的信念，有了这个信念，天寒也罢，地冻也罢，都不可能浇熄得了瑶家人心头那团生生不息的生命之火！

滴

枯

******

    葫芦，一种古老的瓜类植物，在中国被人们种植恐怕都有数千年的岁月了。经历史烟云的长久熏沐，它自是承载了太深太厚的文化积淀。在古老的神话传说里，它曾经是洪水时代伏羲兄妹避水藏身、延续人种的"诺亚方舟"；在《诗经·大雅·绵》里诗云："绵绵瓜瓞，民之初生。"正表达了古人对子孙绵延不绝、人丁兴旺的美好愿望；在民间，人们干脆将葫芦谐音为"福禄"，并与"吉祥"一词连在一起，又直接喻示了人们对美好生活的追求和向往。至于葫芦被神仙高士当成盛放不老仙丹和佳酿美酒等物的宝物器具，进而成为一种意味深长的文化符号的，则更是不胜枚举了。当然，真正将葫芦当成盛酒的器具，并流传到今天都兴衰未减、并成了本民族独有的一种特色土酒的，恐怕便是瑶族同胞这最负盛名的"瓜箪酒"了。

    在瑶家，人们将葫芦瓜制成盛酒的器具，俗名便被叫作"瓜箪"。这瓜箪形似便便孕腹，状若憨态赤儿，浑身泛着古铜色泽，光鉴可人，真乃一天然无饰的精妙酒具了。瑶族同胞们又多聚居高山密林，便就地取材，将苞米、黍子、小米、番薯丝、芋头等混合在一起蒸煮成"酒饭"，然后再用瑶家特制的酒曲粉酿出酒来，最后一同与酒糟盛入坛中腌放，这样便制成了瑶家特有的瓜箪酒。此酒放得愈久，越是香醇性烈。

当热情好客的瑶家人用瓜箪舀出此酒敬献给众客人时，心里该是怀着一种怎样的激情啊！这似火的激情正是瑶家人对生活、对人生最美好最真诚的热爱和感恩！瑶家人饮酒，非常豪放热烈，举碗共饮，均须一饮而尽，否则便被视为不够交情和豪爽了。这样的土酒的确土得掉渣儿，这样的饮法又的确有些野蛮，可这样的土酒用了这样富有文化意蕴的古老酒具，又实在是不免让人心驰神往，在痛饮快醉之时不由得天性自露，如诗人般从心灵深处感受到那生命中最本真、最人性的大美大爱了。

瑶家女主人举着古色古香的瓜箪、给客人们斟酒时，嘴里还会吟唱般反复念叨着"年温年恩一瓜箪"这样一句瑶家土语，意思是各位喝这酒感觉是浓了还是淡了呢？由于酒仍在大锅里烧煮着，如果浓了可添水，淡了则可加酒糟，酒精度可随意变化。这个善解人意的场景，真是太富有人情味了。那些贪杯好酒的瑶家汉子们在这样温馨的吟唱里，一定是能感受到女主人那最具有母性关怀和慈爱的善良之心吧。

酒是水与火的交融，再灌入人的血液里，那一定就会燃烧起来、成了精神的一团烈烈大火。而葫芦又作为生生不息的文化图腾象征，此酒无形中便将这古老深厚的文化信息也一同载入灵魂的基因里去了。这一奇妙的过程，冥冥中正体现了瑶家人对生命本质最自觉最高度的一种内在把握。无怪乎，饮罢此酒，叫人不由得模仿瑶家土语高呼"滴枯！滴枯！"——滴枯者，乃为"好酒"一语也。

酿
菜

******

　　"人非草木，孰能无情？"情可谓是人性本质深处中一颗最深沉的核仁，它就埋植在我们那圣洁的心灵沃土中。这颗情之核仁，伴着我们的肉身一同发芽成长，直至用自己无形的青枝绿叶为我们支撑起一片灵魂的绿荫……

　　有了这个情之魂，传情达意便成了人们最乐此不疲的喜好和追求，甚至那些历经苦难和漂泊、聚居在大山深处的代代瑶家人，为了表达自己好客的一片真心和热忱，也总是喜欢制作出工序复杂的各式酿菜来款待客人！

　　这道情深意厚的酿菜，便是瑶家人最具风味和特色的名菜——瑶家十八酿。

　　所谓酿菜，就是将鲜肉剁碎，拌入各种如香葱、香油、食盐等作料，做成肉馅，然后再将这肉馅放入诸如豆腐、瓜果、蘑菇等选料中，最后经文火蒸煮，便做成了一种类似北方饺子样的菜肴，只是"饺皮"便是那各种选料罢了。既被称其为"瑶家十八酿"，那这选料便应该有十八种之多了，据了解，这"瑶家十八酿"应为如下十八种：水豆腐酿、辣椒酿、苦瓜酿、螺丝酿、米豆腐酿、油炸豆腐酿、香菇酿、蒜头酿、魔芋豆腐酿、竹笋酿、茄子酿、丝瓜酿、莲藕酿、冬瓜酿、南瓜花酿、牛耳菜酿、萝卜酿、蛋酿。

根据选料的不同，做出来的酿菜色香味虽各有不同，但又都具有相似的山野风味：那肉馅在瓜果蔬菜等选料中，浸透了它们的汁液，既鲜嫩无比，又不失天然绿色的真滋味，一旦入口，那个香啊鲜啊，顿时让人神清气爽、胃口大开！

品尝着这样的美味，自然会被瑶家人那颗拳拳之心所感动，自然会被瑶家人那精湛的烹饪技艺所征服。毫无疑问，能制作得出这神奇佳肴的，一定是瑶家女主人的那双纤纤巧手！当这双巧手精心制作着这瑶家特有的酿菜时，在那不厌其烦的道道复杂工序中，在女主人那绵长的古歌声里，女主人一定怀了深深地虔诚之意，把她心中全部的柔情蜜意和慈爱贤惠一同也酿入了菜里。毕竟，酿菜酿菜，酿的便是心中的情啊。

也正是从这份情出发，我们也才能真正理解到了瑶族作为一个从历史的层峦叠嶂中走来的苦难民族，他们灵魂深处所特有的善良本性和大爱仁慈。也许正是渴望生命家园的庇荫，他们才更加珍惜人间的真情，也许正是历经屈辱和苦难，他们才更加珍惜生命的真诚。有了这份生命本质中的真情真诚，哪怕就是这样一道看似寻常的朴素菜肴，到了瑶家人的眼里和手中，照样也被演绎成一道心灵的仪式，一种本民族文化的精神载体！

成为火中的火，
光中的光

古
钵

******

　　和许多孤独者一样，离乡人也常做思乡之梦。常梦见故乡母地，梦见童年。但不一样的是，在这些万花筒般的斑斓梦境里，总会涌现出水叶阿婆那只古钵来。朦胧中，这古钵的意象，犹如映在心镜里的一个幽影，不仅拂不去，闪不开，隐约间，甚至还会发出一种好听的声音，如同是谁在低沉地吟唱，哀怨而又缠绵。渐渐地，在这歌声的缭绕中，这古钵便游移出了梦之外：一觉醒来，万境归空，它竟仍然端坐在离乡人的眼前，并且更为清晰和真实，恍若凝住了梦里的所有情景，在绽出了许多埋在时光暗处的细节之时，也唤醒了离乡人内心诸多的记忆和思绪。

　　水叶阿婆，这位瑶寨母地唯一的一个疯婆子，在离乡人儿时的记忆里，便是她枯坐在自家那破败的大门口，似睡非睡地陷入长久冥想的模样。只是，她那两只枯藤般的手总会紧紧地抱着那只古钵，安托在胸前。屋檐的缝隙里漏下古铜色的阳光，落在她衰老如柴的身上，投射下的身影枯叶似的落在了古钵里，显得分外孤苦和空无。因了她父亲曾经是一个老师公，寨子里的大人们便传说她会放一种令人迷魂丧命的"蛊"。还传说她手里捧着的这古钵，便是她放蛊的重要法器，只要谁不小心喝了这钵里放有蛊药的水，并经她念过咒语，施了法术后，魂魄便会被她迷住，甚至送了性命。缘于此，大人们总是对她敬而远之，尽管她活了很多年，可在人们的眼里，她却早已不存在了。

幼小的离乡人对水叶阿婆虽然有些恐怖，但因了好奇心的驱使，又总是被她手中那只神秘的古钵深深吸引。他常会和一些小伙伴团团围在她身旁，痴迷地细细打量着她手里的那只古钵。还记得这古钵是扁圆扁圆的形状，中间还有些微微鼓起，上口与底座则稍稍有点收拢，显得曲韵有度，宛自天成。古钵的外壁刻绘着一群手拉手、脚连脚的人影，他们形成一个完整的圆圈，如在月光下围着一堆篝火在人神共舞，他们甩动的长发分明就要飘出钵壁了。它的底座上是一幅岩画似的狩猎图，一些鬼魅样的原始人持着刀斧和弓箭，正在与一头猛兽战斗，仿佛是时间机器将其中的一个场景瞬间定格下来，化成一帧远古的剪影，烙在了上面。钵内底壁则是一幅光芒四射的太阳图案，抽象而又笨拙的线条，极似一枚远古的图腾，或是一道神灵刻下的秘符，深蕴着整个宇宙的秘密。也不知这古钵是从哪道时光之缝里拱出来的，存在的历史早已模糊不清，只传说它是水叶阿婆一位远祖从母地后山上无意中挖出来的，传了很多代才传到她的手上。

又长大几岁后，离乡人为此还特意爬到母地的后山去探寻过多次。果然，在后山的一处荒坡地里，只要随便挖开一层浅浅的泥土，定会看见不少的破陶碎瓷，都大小不一，放到清水里洗一洗，便重又光洁如新，有的还露出好看的图纹来。原来母地的泥土不仅能生草木，长五谷，能活人，也能埋人，还能揉捏成形烧出这美丽的古老陶瓷。难怪常听老人们传说，不知是何朝何代，这儿还出过官窑。离乡人后来还专门挑选了好多片，一直珍藏在身边。在许多个无眠的深夜里，他总会偷偷掏出来，独自久久地细赏不休，聊以慰藉孤魂的乡愁。或许这些破碎的古陶瓷，该是有生命的，埋在土里并没有死去，还受着大地的呵护，在呼吸着地气，做着前生的旧梦，现将它们挖出来，经时光的照耀和抚摸，重被唤醒。遗憾的是，它们再也不是曾经完整的模样了，因此都痛苦得锋利无比，在光的暗影里无尽地凌迟自己虚无的心。

水叶阿婆的远祖，能挖着这么一只精美而又完整无损的古钵，当成宝贝世代相传，与其说是她家的幸运，还不如说是这只古钵前世修来的造化。遥想古钵诞生的那一刻，它只不过是源自一块母地的古老尘土，杂糅了沙粒积尘、腐根烂草、生命的遗骸和人的根骨，与水融合为泥，经一双早已化为尘土的巧手用心调和，用情绘饰，才捏塑成了它最初的坯形。然后又被送进那受难的大地窑炉里，历尽炽焰的经久焚烧，历尽炼熬和痛楚，直至让自己成为火中的火，光中的光，才得以脱胎换骨，蜕去泥土的原质，涅槃而成。或许，这个过程，正类似于宇宙诞生于烈焰的过程，各种物质的元素被火焚为虚无的灰烬，唯剩了一粒光的原核，在亘古的黑暗里又凝形为一种脆质的物质空间形态。或许，这也正是生命在烈火中得到永生，灵魂升华显形后获得的一种绝美形象吧。

当这只古钵被完整挖出重见天日后，她似乎又复活过来。在水叶阿婆家人们的世代呵护下，在人间世俗生活的熏沐中，这古钵又回到尘世，与给予过她前身的大地再度相逢。不知有多少双早已消逝于时光背面的温手、热眼抚摸了她，凝视了她。她又藏隐了多少已永远沉默到暗夜里的梦呓呢语，与悲吟绝唱。如同是另一个轮回的修行，这终让她获得了一种灵性的开启，成了具有某种神力的古钵。传说，水叶阿婆的远祖，曾经是世代的书香门第，出过不少秀才和官人，后来家道中落，子孙无能，为了谋生，便拿出家传的这件宝贝，权作法器，世代做起了师公。

传说这只古钵果然极其灵验，水叶阿婆家上头几代的祖先们做师公因此都做得非常成功，皆名声远播。传说他们不仅能医治百病，还能捉妖降魔，三乡四邻凡有不测，定会来登门求请。可不料，到了水叶阿婆父亲这一代，她家竟断了香火，只生下了她一个女儿。按祖传的规矩，这师公的法术是传男不传女的，若是传女，家道定败。尽管如此，水叶阿婆的父亲迫于女儿未来的生计，还是教授了她不少法术，在临终前又不得不将这只古钵递到她微颤的手上。

　　或许天命确是无法违抗，水叶阿婆的一生竟然真是坎坷连连，不幸至极。先是在爱情婚姻上，全是悲剧。据说水叶阿婆年轻时也是一个极有秀色的瑶家女子，能唱盘王古歌能跳长鼓舞，还能绣花织锦，心灵手巧样样都行。十八岁说到就到了。那年，她在一次三月三的赛歌会上相来的第一个瑶家阿哥，还没与她成婚，便患病早夭了。再后来，二十岁那年，她好不容易相来第二个瑶家阿哥，结婚不出一年，连孩子都还没怀上，竟又突然一病不起，很快撒手人寰。于是，母地瑶寨里开始暗中流传起她的闲话来。人们都说她是会勾人，能放蛊，那两个男人便是中了她放下的迷情蛊，才被夺了性命去的。寨子里的瑶家女人们又最是忌恨水叶阿婆，常把她说得阴毒无比，生怕自家的男人中了她的情迷蛊，被她勾了魂去。只要寨子里谁家发生了什么意外，便总会怀疑是不是中了水叶阿婆放的毒蛊。特别是哪家死了丈夫，若是男儿，便必定认为死者正是中了水叶阿婆的情迷蛊才得暗疾而亡。

　　世道险恶，流言如刀。久而久之，水叶阿婆终于疯了。总喜欢莫名其妙地痴笑，莫名其妙地大哭，莫名其妙地唱歌。总爱牢牢地抱着那只祖传的古钵，紧贴在胸口一动不动，像个木头人。再后来，她便死去了。

　　水叶阿婆死后，那古钵也同时神秘地消失了。人们找遍了她那已经倾圮的家，都没找到。

　　或许，这古钵，真是投胎到离乡人的梦里去了。

铜
镜

******

一

这面古铜镜，像是刚刚从时光的某个角落睡醒过来，面部泛出一种清淡的光晕，背面虽然刻镂精美，但那一条条阴阳相间的纹迹，隐藏在斑驳的绿锈里，疲惫而又慵懒。光线从一个适当的角度照射上去，隐隐呈现出的，是一朵冉冉盛开的青莲。随着光和影的跳荡，这朵美丽的莲花便如同浮游在一汪洁净的水中，闪烁着一缕微弱的光波。

铜镜照人的一面，因为常常被反复磨拭，竟仍然光亮如新，能照人影。我记得，这铜镜总是被母亲用一块崭新的大红绸布包裹得严严实实，锁在一个黑色的小木匣子里，难得示人。

这铜镜曾经躺在地下古墓里的暗穴里，在那幽冥的黑暗里不知潜伏了多少年。当它终于被人从墓穴里挖出来，终于被光线重新刺亮时，必定犹如再生一般，积淀在它内里的明净，一定又会以某种不为人所见的气息所包容。

于是，每当母亲在诞生了我生命的那间黑屋子里悄悄拿出这面铜镜时，随着大红绸布徐徐展开，在一片红彤彤的光晕里，总会呈现出一个雪亮的圆形光斑，极似在血海里涌出了一轮圣洁的新月，将四围的黑暗照的一片通明。

二

我很小就知道，铜镜是外公送给母亲的一件嫁妆。

从母亲那神秘得近似传说的述说中，我还知道外公是个有名的瑶族巫师，这铜镜正是外公的一件重要道具。

在我那遥远又迫近的故乡母地，一个偏远的岭南瑶寨，人们世世代代都相信地下有鬼，天上有神，天地之间才是亦鬼亦神的人。

我出生时，外公的肉躯早已化为一堆只长草木的泥土了，但我却能依了母亲的述说，依着自己的想象，从那铜镜里仿佛看见外公的幽影，在缕缕月光的照耀里，时而癫痫似的扭动着身子，如同在与虚无里的鬼魅做着殊死的搏斗；时而嘴唇抖动，唱念着谁也听不懂的咒语，似与神灵在窃窃私语。

三

自从母亲做了父亲的新娘，铜镜便成了母亲展示自己美丽姿容和圣洁心灵的圣物。

我常常看见母亲最喜欢用这面铜镜照自己的容颜。母亲年轻时皎洁如泉，灿若星辰，镜里的她澄澈光艳，玲珑剔透。我永远不能忘怀的，还有镜中母亲那充满慈爱的笑容。这笑容纯净如水面上泛起的阵阵涟漪，随了水纹的晃荡，心也一颤一颤地在晃荡。

黑夜里，当母亲悄悄地端坐在故乡母地那间黑屋子里，对着那面铜镜梳理头发时，想必那一刻也定会像古铜镜最初的那位高贵主人一般，为自己的美丽而矜持无比吧。母亲在镜里的影像模糊而又清晰，黑夜之黑只能遮蔽母亲的肉躯之形，却无法遮蔽得了母亲那闪烁着爱意的精神之光。

但最终，时光还是暗挟着冷漠之刃，悄悄地将母亲从一位美丽的新娘刻塑成了一个被生活的泥淖所吞噬的老女人。——母亲的头发先是被萧瑟的秋风吹成枯黄的茅草，然后又被冰冷的冬雪所覆盖……

母亲的模样虽然苍老得如同老树枯藤了，可在那面古铜镜里，在我的心里，她却始终都是那样的光彩照人。

在这个远离故乡母地的漆黑午夜，我的脑海中禁不住又浮现出母亲习惯于在黑夜里对镜梳妆的情景。

四

母亲的古铜镜是由一块苍老的青铜铸成的。而青铜，恰是人类一种最古老的合金，据说是由铜和锡熔炼而成，这正如人是由灵和肉完美结合而成一般。

古人们提炼出的青铜，最主要的用途是用于铸造宝剑和宝镜的。古代的青铜，基本上就是一种经常与死亡和鲜活相对抗的冰冷而又温暖的金属。

可以想象，这面古铜镜在诞生之初，一定是经历了一场烈焰煅烧的折磨的，然后再从热血般的熔液中淬火成一团冷硬的金属，并承受了那千百次的锤打雕琢研磨的折腾，最终才得以成形为一面能映照人影的天地之镜。这个痛苦的过程，何曾又不像人的灵魂从炼狱到人间直至天堂的那个痛楚苦旅呢？

我还想象到，这面古铜镜一定也是映照过某些古人的面目的，那些高贵或者平凡的主人一定也是将它视为宝物一样珍藏着的。活着时，她们用

云上的年轮

它映照自己茂盛或荒芜的容颜，死后，又跟随着其中某个亡人一同埋葬于地下，潜伏于幽冥的长夜中。

可是，这面古铜镜又是怎么辗转到了一个巫师手里的呢？母亲固然无法说清它的来历，她只知道，那是她的父亲、我的外公留给她的唯一一件泛着光的嫁妆……

五

当儿女们个个像鸟儿般飞离了那个叫"母地"的巢窠，母亲却越来越老了，老得像家门前的那棵老槐树，躯干和树根渐渐枯萎。直到最后，母亲再也无法用那面古铜镜来照彻她暗淡的容颜和她身边的事物。

这面从历史之心复活而来的青铜古镜，这面穿过无数光芒和黑暗而来的光之使者，这面曾经被当巫师的外公作为沟通神灵的通灵圣物，难道就仅仅只能是映照人的容颜的吗？怀了这样的疑问，让我似乎又看见了这面青铜古镜再次从自己的内心放射出一道光来，并试图要将我的心灵升华到那推向另一个黑暗的虚无之境去……

云上的年轮

水瓜

******

水瓜，一种生长于故乡母地的野葫芦，以土语的形式蛰伏于离乡人的内心，满盛着泥土的呼吸、瑶寨的夜语和火酒的余温，长久地消解着客愁羁苦，一如遗落于时光缝隙深处的儿时乳名，闪耀着母爱的点点荧光，照亮了漂泊长途上的每一串足痕。

水瓜蹚水而来，显形为奔跑在母地里的童年身影。那是一群光着肉身的野孩子，嬉戏，叫喊，如同大地上蹦出来的小精灵，他们玩累了，裹着满身的臭汗，定会"扑通扑通"地纷纷跳入村前的天水河，化身为鱼，快乐游弋。他们不晓得庄子是谁，但却比庄子更懂得鱼的快乐心情。他们总会从水里捞上许多的蝌蚪、虾米，装进系在腰上的那只空空大水瓜，回家去哄一哄爹娘，以免去一顿揍骂。

水瓜伴水而生，河两边的片片瓜地绿叶成簇，藤蔓纵横，不需要搭棚撑架，命贱的水瓜照样会长得铺天盖地，被古人在诗经里吟唱千年："绵绵瓜瓞，民之初生"。不必防人，只需象征性地叫来一位稻草人，忠实地站在大地上就足够了。稻草人最能严守大地的秘密，哪怕水瓜装满了一肚子飘荡于母地上空的流言蜚语，借着青蛙的嘴巴整夜唠叨不休，他也从不开口吱声，这正是瑶寨之夜为啥没有城市那么喧嚣的秘密所在。稻草人当然也看多了一些趁着夜色掩护去瓜地幽会的恋人。他总会充当着保护者的角色，稍有风吹草动，便会摇曳着身上的破衣烂衫，通风报信给沉醉于爱河里的恋人赶紧躲藏或是逃离。因此他总会获得不少瑶家女子的感激之情，待她们腆着身怀六甲的如瓜大肚每次走过稻草人的身旁时，定会露出一丝不为人所察觉的羞涩。此时，心知肚明的水瓜是不是也多少会生出几缕醋意？

水瓜当然不只是一种喂养瑶家人的吃食，更多的，它还是一种瑶寨里常见的盛物器具。水瓜老了皮厚如铁，泛着古铜光泽，将内里的种子和瓢肉掏空，便成了一只极似古陶样的天然容器。用于盛酒或是盐巴，高挂于老屋的壁上，任凭人间烟火的熏沐，和岁月的锈蚀。就这样，水瓜悄悄介入了瑶家人的日常生活，一种民间草根的血水精神将它滋养，一种苦难世俗的气质本色将它陶冶，直至脱胎换骨，成为母地上一个最富隐喻性的语词和神符。

就像一个老人能成为智者，需要丰富的人生阅历一般。水瓜的精神嬗变也需要岁月的沉淀和传说的滋养。瑶寨的星夜为大地之神在人间的话语里奔走点上了不灭的灯盏，一个世代相传的创世神话在母地世代流传，竟然便与水瓜有关——那是一个发大水的时候，水患成灾，大地淹没，天地返回混沌时代，成为一个水世界。只剩了两个人，一个姐姐，一个弟弟，他们就躲在一只硕大的水瓜里，随水漂泊，一连漂了七天七夜，大水才渐渐消退。为了人的繁衍生息，姐姐和弟弟拱出水瓜，结为夫妻，重新将人种延续……

水瓜，不仅是一具发酵神话的容器，深藏着人类最本真的创世梦想，更是一个人生命的时空原点，永远为诞生于母地的离乡人在心灵版图上进行着精神的导航，将一些被尘烟遮蔽了的陈年旧事细细打磨，重新闪烁出某种人性的光芒。譬如，离乡人儿时于某年某日和一个叫嘟仔的小伙伴进行了一场恶作剧，将寨子里孤苦伶仃的寡婆七奶奶的一只留种用的大水瓜砸烂，丢进了村前的天水河里，让可怜的七奶奶伤心不已，呼天抢地。她的哭声致使母地的天空抽搐不已，眼泪一如传说里的天雨，漫漶进了离乡人的每一缕神经。

七奶奶早已作古多年，可离乡人却永远也挥之不去这份痛楚情结。每每孤独、忏悔的时候，天地之间，一只母地的古老水瓜便总会浮现而来，恍兮惚兮，极似是他内心一尊神圣的大佛。

石
宝

******

母地的人们将石头不叫石头，而是唤作"玛瑙骨"。如同阿里巴巴那句"芝麻开门"的神秘咒语，"玛瑙骨"这一土语也打开了离乡人的内心魔匣，让母地那遍地的寻常石头在他心里全化成了珍贵无比的奇宝，构成了他孤独心灵最坚实的核髓。

玛瑙骨，活着的天地之蛋、母地之骨，吸附了泥土太多的生气，又经天水河的长久滋润，化为团团混沌的灵物，完全撒播进了母地的每一个生命皱褶里。它们虽不能说话，虫蚁走兽却视其为知音，与它日夜呢喃。

母地的人们最初和它们亲近的，是自己的行脚。大家都喜欢光着脚板走路，就是为了享受身体和玛瑙骨亲密接触时那种痒痒的美好感受。一种脚踏实地的感觉让母地的人们从生到死都和这片大地相拥相偎。譬如，母地的孩子们最爱玩的一种游戏，就是捡来数粒小小的玛瑙骨，无数次地将其抛向天空，趁着玛瑙骨被抛上空中的瞬间，小手又迅速地往地上拾起另外的玛瑙骨……或许，这种看似简单的游戏，正暗示了人通过自己智慧之手的辛勤劳作，让玛瑙骨获得了离开大地原力的秘密。玛瑙骨还是母地人们赖以生存的一种重要事物，那幢幢木头吊楼，就是凭借着无数个玛瑙骨的支垫才拔地而起，为人们撑起了一方属于自己的蓝天。而屋内的石磨与碓坑，无疑又是人们获得吃食之源最重要的器具。石磨转动的轰鸣声，碓坑被碓冲击的沉闷呻吟，在离乡人曾经幼小的内心烙上了生命苦难的印痕，深蕴着母地的缕缕情意，和玛瑙骨的丝丝温热。

母地的女人们对玛瑙骨，竟然也有一种神性般的虔诚。比如，她们为了让自己饲养的牲口长得更加肥胖，会用一根细小的草绳系上数枚圆如巨卵的玛瑙骨，悬在圈里的木梁上，据说这样会福佑自家的牲口长得又胖又肥，更加重秤。这些玛瑙骨被她们赋予了魔力，当成了宝贝，神圣不可侵犯。母地的女人们出于对自己孩子的痴爱和担忧，还常会请母地的师公行使法术，让自己的孩子认一方巨大的玛瑙骨做寄父，以求得孩子福大命硬，早日长大。离乡人永远都记得母亲给他认的那方"寄父"玛瑙骨，它就踞在自家菜园的一个角落里，又大又长，遍地通红，活像一头埋头苦耕的大水牛。多少年过去了，母亲也没了，离乡人重回母地，在自家的老屋旁那废圈的木梁上，却还看到用草绳悬着的串串玛瑙骨，像铜铃般在风里微微摇曳。而那方"寄父"玛瑙骨则因菜园的荒芜而爬满了青苔，深陷于野草中，火红颜色暗淡不少，如同一坨日渐冷却的铁了。

有一枚最熟悉的玛瑙骨，离乡人却怎么也寻不见了。这是一枚通体黝黑光亮的扁长玛瑙骨，极似一尾游在水里的小鲤鱼。据说是母亲在门前的天水河里拾回来的，被用来放在鼎锅的锅盖上，以免夜里老鼠掀翻锅盖偷吃到锅里的食物。这枚黑黑的玛瑙骨在他家的厨房里待了一年又一年，目睹了他家日常生活的每一个细节和秘密，也沾满了烟火积尘，还有生活的残渣碎屑。很小时候，离乡人就听母亲说，这枚玛瑙骨是他家的一个宝，里面真是藏着一尾正在修炼的小鲤鱼，总有一天它定会成精的……这让他从此对这枚玛瑙骨充满了神秘的好奇心，至今都无法忘怀。而今却怎么也找不到了，离家都快三十年啦，岌岌可危的老屋早就人去楼空蛛丝满梁了，这枚黑色的玛瑙骨就算没有修炼成精，也决不会还沦落在此吧。

幸好，母地还有更多的玛瑙骨存在着，在永远地温暖着离乡人的心——如那枚能在黑夜里敲得出闪烁火花的萤白玛瑙骨还在，那方天井里爷爷用来磨砍山刀的弯月般的玛瑙骨还在，那块横亘在门前小河上作为小桥的长长青色玛瑙骨还在，村后岭上那死去的许多先人坟头前作碑的玛瑙骨也还都在……

记住，在离乡人的内心里，它们真的不是被唤作石头的东西，而是一种被唤为"玛瑙骨"的与生命有关的事物。

树 子

******

树子，树子。母地的瑶家人呼唤起一棵树来，总是充满了一种亲昵的感情，就像是在呼唤自己怀中的儿女一样。的确，在他们眼里，树就是人的支点，人则是树的尺度，世界绽放于内心，正是从一棵树子开始的。

还记得，离乡人来到这世上，第一眼看见的，便是自家吊脚楼旁那棵老枫树的身影。一个午后的晴日，缕缕日光从树子的浓荫里透射下来，他小小的肉身便融化在了一汪明亮的绿光里。几粒清亮的鸟声滴落，打湿了他的耳朵，他不知是喜还是悲地"哇哇"大哭起来。多年后，无论他身居何地，人在何处，就再也没有走出这个绿色的梦境了。

离乡人的童年是那样的孤独，在大人们都出门到地里干活去了的时候，陪伴他玩的，便只有这棵老枫树。他喜欢和老枫树说话，告诉他很多开心或不开心的事情，和一些奶奶说给他听的很多关于母地的传说。说到高兴时，他会笑会跳，而老枫树也一定是听懂了他的话，总会报以几声清越的蝉音或是鸟声，同时摇曳几下树枝表示致意。当然，他和老枫树更多的交流，则是通过他小小的眼睛完成的。他喜欢看藏在树冠中的那只鸟窝，还有那窝里的小鸟，也喜欢看肥胖的毛毛虫如何躲在树叶里慢慢蠕动的情景。还喜欢长久地趴在地上，看无数只小小的蚂蚁沿着树根往树上爬，母地的人们称这叫"蚂蚁搬家"。看着这一群无始无终、密密麻麻的蚂蚁们拖儿带女，不辞辛苦地在一棵树上奔波着，他总不免心生悲悯，产生出许多奇怪的幻想。它们为什么要离开大地，将家搬到树子上去？听说这是为了躲避大雨，唉，天上的雨水为什么要伤害这些小小的生灵呢？幸好老枫树上生出了许多小小的树洞，才让它们得到了呵护，拥有了一个能遮风挡雨的家。后来离乡人长大后，才知道他们瑶族，竟也是一个永远寻找着家园，行走在苦途上的民族。

谁也不知道老枫树的具体年龄，它真是老得不能再老了，仿佛入了禅定，超越到时空之外的另一个境界里去了。在长久的对视里，离乡人总会发现树身上堆满了累累伤痕：一道斧斫的伤疤，一条雷劈的印迹，一根欲坠的枯枝，一个纠结成瘤的疙瘩，都似一个个生命时光里刻留下的符号，无言地细诉着老枫树过往岁月背后的故事。深秋来临，老枫树叶色赤红，如大地举起的一支熊熊燃烧的火炬，照亮了母地的每一个幽暗的角落，也深深地震撼着离乡人那颗幼小的心灵。

母地坐在山峦的怀抱里，躺在树子的绿天下。像老枫树这样的大树子，在母地自然还有很多。据说最初来这儿定居的始祖，首先便是以种下一棵树子为记号的，表明这方土地从此就是他们这脉瑶家人的家园了。母地这棵地标性的树子，是一棵梧桐树，据说有三百多岁了，如今都还屹立在这个瑶寨中央一座圆如太极的小山上。高达数十丈，虬枝如盖，圆粗如鼓，五六个瑶家壮汉手牵手，才能勉强围抱得住。母地有句俗话说得好，"树老根多"。这棵梧桐树长出的粗长根络，一个劲儿地顽强往下生长着，似乎在大地的内心深处也藏着一个太阳，在强烈地召唤着它们。同时，这些不计其数的根须又四散延展开去，在大地中交织成一张巨大的脉网，差不多都将母地的这片土地牢牢抱成了紧密的一团。有很多根须都拱出了地面，或是延伸到了各家各户吊脚楼的脚下，吊脚楼正是一种"千根柱头下地"的鸟巢形木楼，根络便通过插在大地上的这些"千根柱头"，将天地之气连通起来，也将居住在这片土地上的每一个瑶家人勾连在了一起，从而成了他们与祖先永远相连的另一种无形的血脉魂根。因此，母地的瑶家人每年的盘王节，即农历十月十六这一天，便定会围在这棵梧桐树下，燃起篝火，吹响牛角，跳起神秘的长鼓舞，在瓜箪酒的醉意中，唱起缠绵而又神圣的古歌，以一种近似狂欢般的仪式，来祭祀盘王始祖的先灵，寻找他们的爱情，从而让瑶家的生命籽粒代代撒播下去。

母地最多的树子是一种叫"杉树"的常见树子。这也是一种最为常见的木材。母地的瑶家人将四周的满山满岭全都种上杉树。待它们长到两三丈高时，便砍回来，用于当椽梁建造吊脚楼，或是造床、造桌、造凳、造箱、造桶、造盆、造鼓……造形形色色的生活器具。而那些长了很多年的老杉树，便会砍来将树心掏空，造棺木，用于寄存人们死后的肉身，让人最终和树子融为一体。离乡人儿时就尤爱看匠人制造棺木的情景，这常会令他陷入对死亡的种种冥想之中而无法自拔，从而生出阵阵莫名的恐惧和好奇，直至今天都无法让他忘怀。也难怪，这些曾经活着的树子，即使经刀斧锯凿百般砍削和肢解，完全变了模样，人们却还是神圣地将它们唤着"木头"，用一个高贵的"头"字来暗示内心的虔诚和敬意。

或许，在母地的瑶家人看来，木头不是树子的死去，而是树子生命的涅槃和轮回，永远浇灌着他们朴素的生活，呵护着他们的肉躯和魂魄。

山

祖

******

母地多山，山皆高陡，令人疑心是神力从地心中拱拨而成，致使到处都林立着巨手指般的青峰峻岭。面对着山的伟岸身躯，人们只好匍匐于它的脚下，蜗居在山岭间的罅隙里，深陷入大地隆起的道道皱褶中。离乡人很小就知道，母地的瑶家人为了描述这种被山所遮蔽了的生存场域，挂在嘴边最爱说的一句话便是："我们是住在抬头是山，低头也是山，出门是山，进门还是山的山旮旯里！"浓浓的方言腔调里透出的，竟也是一种山高水长，云遮雾绕的味道。

瑶家人过惯了这种靠山吃山的生活，并不觉得日子苦。在母地的瑶家人的眼里，山是大地的灵根，是世界的砥柱，山也是顶着头上天、足踏脚下地的巨人，人与万物寄生于天地之间，正是托了山的庇护和福佑。千百年来他们就是生活在自己构建的内心宇宙里，与山里的一草一木，一虫一兽平等和谐地相处在一起。离乡人尽管离开母地多少年了，可他仍然保持着对山的这份虔诚的膜拜之情，山的精气神早已融进了他每一滴血水里，山的雄姿傲骨早已构筑起他精神世界里的苍茫穹窿。

日光总是在白天和黑夜之间的书页中来回翻阅，太阳跌到山的那一边了，黑夜便从山的这边缓缓升起，山高月小，水落石出。这便最适合让居于山根最低处的人们去做许多与山有关的梦。离乡人记得儿时最爱做的一个梦就是梦见自己变成了山中的某个事物，譬如，变成了一棵小树，在山风里猎猎招展，如旗如焰，还盛开着美丽的花，引来无数的花蝴蝶舞影翩跹。或者干脆变成了一只小小鸟，翱翔在长天，驭风驾云，啾唧而鸣，鸟瞰群山竟如泥捏神塑孩子，他只觉得赶山正是童年最快乐的一个节日，在幼小的心目中，他最不能忘记的则是那位吹牛角的老巫师。这位老人亦人亦神，法力无边，令他总是敬仰不已，甚至连他的名字都取得诡异，人们叫他"天心阿公"。

离乡人还记得天心阿公一生苦命，妻子死得早，膝下曾有一儿。儿子长得英武帅气，是个多情种子，读高中时与班上一县城女同学恋爱缠绵上了。那年落榜回家，现实的悬殊差别，让爱情不再纯洁无比，恋人自然也不可能真的嫁到山中来。这样，儿子便得了相思病，天天捧着那女子的一张相片哭。相片里的女子清秀美丽，手中持了一枝灿烂的桃花，总在神秘地笑。一年后，他跑到母地最高的那座叫作"白羊岐"的山顶上，在一棵虬枝扭曲的老核桃树下，喝光了一瓶"敌敌畏"。死前留下遗言说，他之所以跑到这最高的山上去投奔山祖，就是因为他知道，只有站在这座母地最高的"白羊"头顶上，才能看得到山外隐约可见的县城，那儿，正住着他心爱的恋人。

天心阿公白头发送黑头发，悲痛之际非常理解儿子，便将儿子埋在了这山顶上，那棵老核桃树就做了他儿子永远的伴儿。——可惜，是核桃树，不是桃树。

再后来，天心阿公就很少去指挥人们赶山了，他说，怕吵醒睡在山上的儿子。

云上的年轮

窖眼

******

　　将大地想象成一个巨硕的头颅,在上面戳挖出一些洞坑,用于贮藏冬粮什物,母地的瑶家人美其名曰为"窖眼"。一个"眼"字作喻,立即便将瑶家人的慧心和灵悟展露无遗:哦,大地是深沉博大的,这些人工挖掘而成的窖洞,正是放射其智慧之光的眼睛!

　　离乡人借了窖眼的遥望,透过乡云愁烟的遮蔽,常会看见遗落在母地的往昔身影,依稀还有瑶家人与窖眼那相依相守的每一个苦难岁月。窖眼,一般多是位于寨子附近的山前屋后,盖着用杉树皮做成的盖板,极似瑶家人在清贫母地上缝补的块块补丁。掀开它们,如同古井般的窖眼里,盛着的,正是瑶家人一年的生活希冀:冬春两季装满了红薯,个个都壮壮实实,红红的薯皮包裹着脆白的薯肉,它们刚刚从泥土里被人们掘出,接着又盛进了这窖眼,大地孕育了它们,现在又成了它们的襁褓,瑶家人一年的劳作才有了最可靠的保证,他们流进大地的汗水才拥有了最终的欣慰。这些红薯当然是依次被人们拿回家中,塞进火塘中的鼎锅里被蒸熟,被吃进他们的腹内,直至化为他们身体的一部分,它们也就在这样一个被当成吃食的过程里,也将大地的能量、营养、热度,还有某种精神和爱,传递给了瑶家人。从整个夏天到秋收之前,窖眼始终空空如也,但它并不偷闲，帮不上人们的忙，就去为大地上那些卑微的小生灵遮风挡雨，暂借给蚂蚁或是田鼠之类的小虫兽居住。母地瑶家人的内心如同窖眼一样宽宏，一样仁慈，他们偶然也会掀开盖板来清扫一下窖眼，但绝不会去惊动这些小生灵，反而总会留下几个珍贵的红薯，或是其他一点吃食，任其享用。在瑶家人的眼里，这些小虫兽也是一条条生命，活在大地上并不容易，理应给予帮助和尊重。

窖眼当然也不全是挖建在寨子附近的山前屋后，有的，也挖建在屋内，如堂屋、火房的一角。离乡人记得他家的窖眼就藏在父母的卧室中。为了让人在房内走动自如，这窖眼的盖板就是用一块块厚实的木板镶嵌成，一如埋在大地深处的一个宝葫芦，或是一面巨大的老铜鼓。这窖眼除了是他家贮藏红薯等吃食的容器，还装满了离乡人一家的很多秘密，见证了他家每一个生活细节。譬如，父母从结婚成家，到生下一家四个儿女的点点滴滴，全都没有逃出这窖眼的视野。还有苦难母亲被沉重生活折磨的苦痛呻吟、幽咽暗泣，或是诞生新生命时的阵痛嘶喊，一定也全被这窖眼所铭记。当然，还有父母之间的情恋私语，以及哺育儿女的催眠曲，或是离乡人一家难得的欢声笑语，也一定永远被窖眼所珍藏。因此，窖眼在离乡人的内心里又构建起了独属于他个人的一个隐秘精神宇宙和心灵空间，堆积了他人生最初的情感体验和成长经历，以至于让他从来都没有逃出儿时某次不小心跌落窖眼的深刻记忆。他知道人诞生于大地，生存于大地，最终还是要复归于大地，这窖眼，或许正是一道生命轮回的符谶，深蕴着人与大地全部的秘密和禅机。

母地瑶家人对窖眼的情结，还深藏着他们这个古老民族的一个不幸的历史记忆，总会勾起瑶家人内心最痛楚的追思和缅怀——据说，在元末年间，瑶家人被官府从他们的圣地千家峒追杀赶出之际，很多瑶家人的妇女小孩与老人在无力逃奔时，只好躲进自家的窖眼中，结果却坐待以毙，被野蛮残暴的官兵全部斩尽杀绝，从此以后，窖眼便化成了瑶家人一道难以愈合的历史伤口，永远地隐伏于他们某根最敏感的神经里。

母地的窖眼还有大有小，功能也自不仅限于贮藏吃食物什，比如，瑶家人为了烧制木炭挖掘的窖眼，则是用于生火烧炭的，装满大地上长出的各种杂木异树，里面会燃起经久不息的熊熊大火，从而会让这些杂木异树的生命在烈火中得到涅槃再生，为瑶家人提供长久的生命热力和御寒的温度。还有的窖眼则挖掘得极小，只容得埋下一只小小的古钵，那定是寨子里某位蛊婆放下的神秘之蛊，某人不幸踩着了，他的灵魂定会被蛊婆勾去。

当然，母地的每个瑶家人最终都会躺进属于自己的那口"窖眼"，这便是亡人埋葬于大地的最后归宿之地，离乡人记得这种不大不小的窖眼还有一个特别的名字，叫"金鸡眼"。金鸡一唱天下白，而对失去生命的亡人来说，却永远地回到了大地之眼的黑暗中……

火脉

******

精神之火，牢牢缚进了石头的内心。

这石头潜沉于生命的河底，上善的水日夜将它们漂洗，越漂越白，越洗越纯。直至童年的我捞出一块，轻轻将它敲击，道道火光顿时跃入了如梦的心灵。从此我便知道了这石头的亘古之秘。

这条生命的河是母亲遗弃的脐带，是祖先横亘于大地的血脉。"月亮生毛，大水滔滔。"月亮生的是绿毛，毛里映着黑森林的魅影。影里有一匹孤独的狼在长嚎，那是勇敢山梁传来的远古回声。月光中映出了原始的大地、原始的河流，还有祖先们石垒的身骨和头颅。他们在大地上狂奔，追逐着太阳，跑在最前头的便是我那叫伏羲的父亲。他们在河边狂欢，晕倒在水里的正是我那叫女娲的母亲，她流出了痛楚的血，如绺绺黑色的火焰，点燃了一条的河水，又被那如雪的月光全部掩埋。然后落了七天七夜的大雨，野蛮的洪水涨到了天门。天地之间漂来了一只《诗经》里的葫芦瓜，漂啊漂，洪水退去，终于泊在了奶奶菜园的瓜棚里。奶奶说，葫芦破开后，里面藏着两个人，一个是我，一个是我那美丽的女娲妹妹……

洪荒亘古，沧海桑田。包裹了我那生命血火的古老月光经过长长岁月的苦难烘烤，便凝固成了这白如祖先骸骨的石头，永恒地搁进了我招魂的梦乡。

某年某月某一日，天上掉下了一枚巨大的桃核，这便是故乡的老屋，我灵魂的神殿。老屋里装满了夜的黑，让童年过早地体验到了什么叫孤独。我便最喜欢反复敲击这白色的石头。敲击中，便有了道道电光似的火花在石头里跳跃闪现，犹如尽情绽放着的生命之焰，让我在黑暗里终于看清了自己长着和祖先一样的模样，走着和祖先一样的道路，徘徊在老屋的阴影中。而那石头和石头的碰撞声，则在老屋里久久回荡着，刚烈而又清脆，极似灵魂在孤绝地呼唤。这泣血进火的声音至今都还常响在心上，让我的童年无数次在古老的梦里得到复活。

火，火，这烧炼地狱又照亮天堂、焚灭万物又诞生文明的无形使者，你从祖先的血液中一路奔来，点亮传说之灯照亮了历史的隐秘之黑，如今又被囚禁于这坚硬的顽石里。是等待着谁来把你唤醒么？

当我举着幼小的双手一遍遍敲击着这白如祖先骸骨的石头，生命之焰不断闪耀在我的心中，让我如同得了天启，看到了生命之路的过去和未来，正是一条血和火焚流而成的坎坷心路。那一刻，我多么像是一位英勇的持火者！敲击着，敲击着，就像在演绎着一遍又一遍的古老仪式，直至点燃了我的心宇。这精神之火犹如地火在岩层里奔突，袭遍了我肉躯的每一寸土地，红红的火脉如条条蛇信子舔舐着我的每一根骨头，让我真切地体验到了祖先们曾被地火炙烧着的无尽煎熬，无尽痛苦。

这无尽的煎熬，这无尽的痛苦，正是作为人的一种最高贵的痛苦，一种高贵精神所带来的刑罚，我甘愿去承受！

绝

香

******

在一本药书里，我读到了这样一段介绍我们零陵香草的文字："它的香味充满了回忆的味道，闻起来就好像置身于艳阳天下的花香田野，很多人喜欢零陵香，是因为它能使人带着微笑沉浸在这神秘的香氛之中。"

去了一趟瑶山的香草园，当我真正闻到了零陵香草的诱人芳香后，更是对这段话产生了隔空离世的共鸣。的确，我也从零陵香的神秘香氛里闻到了一种回忆的味道。

从这回忆的味道里寻去，也许是妈妈和姐姐们特爱干净，喜好芳香的缘故吧。儿时，我便对香味有着与生俱来的特殊偏好了。从闻惯了妈妈的乳香开始，到姐姐们身上的粉香和花香，再到跟了信佛的奶奶去寺庵里熏沐那袅袅的佛香，香便融入了我原初的生命，陶冶了我幼小的心灵。直至现在，一闭上眼睛，在脑海里，我的童年就是这样一幅画面：一个灵气十足的小男孩，穿着一身干净的花衣裳，脖子上挂着一串用菖蒲的片片根茎、杂以艾叶和兰草编成的小项圈，全身散发着阵阵清香。

不过，当我长大后，再也不在端午节那天如此穿戴了，才知道端午节其实就是为了纪念那位也喜好香草的伟大诗人屈原。这是我怎么也没想到的，这样一位伟大的诗人竟然也对香草有着如此的偏爱。在他那《离骚》的字里行间，处处散发着各种奇香异草的芬芳。更让我惊心的是，《离骚》里如"杂申椒与菌桂兮，岂维纫夫蕙茞；余既滋兰之九畹兮，又树蕙之百亩；揽茹蕙以掩涕兮，霑余襟之浪浪……"等诗句，都提到了一种名叫"蕙"的香草。直到后来翻阅古医书，才知道，这其实就是零陵香草的一个别名。由此看来，神秘的零陵香草也曾经潜入过这位伟大诗人的圣洁心灵。

或许就是这份偏好香味的天性使然，从那时候开始，我便特别喜欢独坐书房，沉醉于那浓浓的书香。正是从这些人类思想的载体里，让我嗅到了人类文化的历史血脉里所散发出来的阵阵不朽芳香，也让我与许多人类思想的先行者们进行了一次次的心灵对话。我喜爱与魏晋的名士、唐宋的诗人们以香为伴，于皓月清宵下，香雾隐隐里，去参悟那"博山虽冷香犹存"的无尽禅机玄意，去用心体会那抒写香物的绝诗妙句：

"炉烟袅孤碧，云缕霏数千；
　悠然凌空去，缥缈随风还。"

我也最乐意清香一炷，在撩人的香霭馥馥中，去细细欣赏曹雪芹笔下的红楼梦境。在这样的静坐中，我闻到了太多的灵香艳气，更体会到了红消香断后那不尽的悲欢离合与不尽的风月情浓。那位草质香魂、情债难偿的潇湘妃子，从九嶷山里哪座"青埂峰"下跑到了这"风刀霜剑严相逼"的大观园里，竟然将自己一生的斑斑血泪，皆付之于那块"无材可去补苍天"的石头了。

就这样，于我小小的书房里，缕缕馨香，始终像无声的春雨一样滋润熏蒸着我敏感的心灵，让我感受着中华文明那若隐若现的不熄香火。当然，我自然没法亲身体验到西方文明里如巴黎香水的那种充满欲望和激情的浓浓艳香，但我仍从那册册国外名著里，谛听到了西方贵族们狂欢寻乐后那灵魂的孤独深处散发着香水残味的缕缕叹息。正是千年前，那条撒满了花雨、充满了芬芳的古"丝绸之路"，最早将东方的神奇香料传播到了西方的上流社会，让那些贵族们通过东方的神秘香味，点燃了他们的爱情之火，也点缀了他们傲慢的尊严。就是通过这些香料的传播，东西方文明也才有了最初的交流，人类那共同渴望芳香浇灌的心灵才有了最古老、最剧烈的碰撞和交融。在西方，我们这神秘的零陵香草又被叫作"薰衣草"。当西方上流社会某位寂寞难耐的贵夫人，正用这薰衣草的神奇芳香遮掩自己偷情销魂后的失落时，怎能想到这薰衣草还有一个叫零陵香的名字？又怎知道，在零陵香草那奇香异质的内里，还藏着一个凄绝哀婉的爱情故事？

相传舜帝为了百姓苍生，南巡楚地，竟不幸驾崩于苍梧之野。噩耗传回，他的两位名叫娥皇、女英的妃子悲痛难禁，便过中原、入云梦，出洞庭、溯湘江，终于寻到了巍巍的九嶷山下。她们日夜哀泣，殉情而亡。她们泪尽泣血，斑斑泪痕永远地滴在了青青翠竹上，这便是我们如今看到的"斑竹"。她们那娇弱之躯躺在地上，就化成了绵延优美的青山黛谷。因为眼里总是血泪汩汩，便流成了潇水和湘水两条河流。从此，人们便将娥皇、女英两位痴情妃子共同尊称为"潇湘妃子"。她们成为千百年来庇佑坚贞爱情的神灵。她们二人的灵魂，因了爱之痴，情之真，在九嶷山里郁郁而结，久久不散，便化为了这神奇的零陵香草。她们用生命的绝香，让人们在魂离性迷的陶醉中，铭记了她们那对舜帝的缠绵之情。

然而，谁能想到有朝一日，在千里瑶山的一个偏僻瑶寨里，我竟然找到了真正的古老香草。

多少年来，厌倦了喧嚣浮躁、心灵飘荡的我，内心深处似乎一直有个声音在默默地向我召唤。这声音，好像发自我精神世界的某个隐蔽角落，时时在我耳畔回响。天地之大，何处是我心灵的屋檐？宇宙之渺，何处是我精神的巢穴？一种"天尽头，何处是香丘？"的呼唤，总会余音袅袅飘进我的倦梦里，叨扰我困顿的灵魂。

在香草园，我虔诚地接过一位朴实山民递给我的一棵青青香草，我想，这可不是一棵普通的小草，从那翠绿柔韧、涌动着勃勃生命汁液的茎脉里，我似乎看到中华民族精神根脉里，也流遍了她的生命气息，沾满了她那神秘的芳香。

我轻轻摘下一片香草的绿叶，放进嘴里，才知是那么的辛涩，那么的清苦，让我似乎尝到了无尽的人生况味，感受到了生命本色里那最原始的滋味。我深深吸了一口气，对着她闻了闻，奇怪，竟然没有闻到一丝香味。那位朴实的山民便微笑着告诉我，这香草活着的时候，是不会散发出香味的，非得要到死后干枯了，她才散发出那种神奇的芳香。

为了闻到这香草的神秘香味，我便跟着这位山民来到他的家里。这是一座古朴的小木屋。山民从一只黑色的柜子里拿出一束枯萎的香草，果然散发出阵阵神奇的幽香，令人如梦似幻，不知身在何处了。这神奇的幽香，熟悉而又陌生，纯正而又浓烈，宛如书房里那阵阵馥郁的书香，又似初生婴儿浓浓的乳香，还像那永恒爱情的芳香，以及那绵延不绝的千年佛香。

云上的年轮

秦岩

******

时光之刃有多锋利？一座石头垒成的大山竟然被它掏空了内里，犹如山腹内收藏了一座天造地设的岁月迷宫。古往今来，无数人进进出出，却无人能完全弄清得了其中全部的路线，正如无人能完全参破得了时间的全部秘密一样。

这便是我多次游览江华古秦岩最深切的感受。

每次走进洞中，我却像走过了漫长的一段时光隧道，经历了沧海桑田的变幻，好似游走于梦中，懵懵懂懂，恍若隔世，恰应了古人说的那句"洞中才三日，世上已千年！"的话了。

不过，我虽游览了多次，却对洞内那些什么"狗望腊肉""老鼠偷桃""擎天神柱"诸多景点名称，以及一些传说故事总是记不了多少。在依稀的记忆深处，只是觉得我是跟着一脉潜行于洞内的水流穿越整个岩洞的。

这脉水流或许就是时光的凝聚和现形，正是它这貌似柔弱的微薄之力，最终才掏空了这座坚硬无比的大石山。可以想象最初它是如何从厚厚的岩层中渗出自己的第一颗小小水滴，那是积了多么大的心之原力，然后又是如何数十万年的水滴石穿，不屈不挠，以锲而不舍的精神最终战胜了这座大山。然而，它又是多么的谦卑，永远含蓄着自己，时至今日，也还是潜藏于此山深处，沿着最低处静静流去。的确，向往最低处也许正是一种最有高度的人生姿态！理解了这一点，我们才能以最平常的心态从最高处的洞中走出来，再沿着山背的一道陡峭的石阶一直逐级而下，一直下，下，下到山的山根处，才能再次与水流相逢。

在山脚的一个新入口处，正是洞内水脉流出之口，已经聚集成了一道浩浩荡荡的地下阴河了。我们只好泛舟而入，浮游于洞内这道已成为阴河的水流之中，再浮躁的心都会被时光的伟力所震撼，再自大自负的人都觉得自己在时光之河中也只不过是一粒渺小的尘埃，风过处，不会留下一丝踪迹。人生苦短，不过百年，有什么可骄傲的？又有什么可企求的？无论是秦时避战乱于此的可怜古人，还是今天浮舟寄生的我们，面对这道在时光黑洞中流动的时光之河，又何曾不是其中腾起的几瓣细浪，转瞬即逝？拨开秦时的明月汉时的风，冥冥中，我们才似乎窥悟到了这座山腹内的时光迷宫一点点天道玄机。

幸运的是，就在山脚那个水脉流出之口处，在一方岩壁上，竟然还刻有汉代蔡邕手书的"秦岩"二字，笔画深刻，确有一种骨气洞达，神力爽爽的独立之姿。作为中国历史上一位旷世逸才的蔡邕能留墨宝于此，足见此山此洞之神妙不凡，也正因此，此山此洞自然又蕴含了更加不同寻常的文化品质和魅力。

作想千年前的古文化名流蔡邕先生一定是隐居山林放浪形骸于江湖期间、游临此洞时题写了这两个斗字。见字如见人，蔡邕的一生其实也并不顺坦，在人生的宦海沉舟中，他也经历了几度宠辱之惊，最终老死牢狱。猜想当年游历于此的蔡邕一定也是从此洞的玄奥奇特之处悟到了什么，才使他产生了书写题字的灵感和激情，将这一千古题字永远地刻画到这坚硬的岩层上，给了我们一个历史的真实见证。可惜，尽管蔡邕有"文同三间，孝齐参骞"的文胆奇才，集文学家、书法家、音乐家一身，可又到底最终还是被名利所诱，被仕途所害。

　　或许，这正表明了他还是和我们芸芸众生一样，还是没有完全参破此座山腹内时光迷宫的玄秘和天启吧。

03

第三辑

唱念着谁也听不懂的咒语、

似与神灵在窃窃私语

斧子

******

　　在瑶寨里见到一只古老的斧子，被遗失于老屋里幽暗的一角。长长的斧柄被蝼蚁蛀朽得只剩短短的一截，黑铁斧头被裹上厚厚的红锈，如凝固的血。只有斧刃还依稀可辨它那锋利的模样，躺在墙角的一侧，像是随时要扑向厚厚的地面，要把大地劈开一般，能令人感到它似乎在急迫地喊叫。

　　我们怎么能忘却一只斧子呢？斧子，与我们，与世界，原本是一件联系得多么紧密的事物。如果没有斧子，我们怎么能知道盘古开天辟地的伟大创世神话？我们又怎么能听得到《诗经》里那"坎坎伐檀兮"的痛苦呻吟？蛮荒大地，远古的黑森林里，正是斧子延伸了我们的双手，拓展了我们的疆域。披荆斩棘，砍树伐木，斧刃闪烁着的光芒不断照亮大地，世界便渐渐显现、澄明在我们的面前。斧子永远是雄性的，阳刚的，透露着一股凛然、威猛之气。一只利斧被男人扛在肩上，世界便被他踩在脚下，梦里的家园就会隐隐出现在不远的地平线上，开始向他频频召唤。的确，男人们正是借助一只斧子在大地上搭木立柱，建造出遮风挡雨的屋窠，然后才能娶妻生子，成家立业，完成一个勇敢父亲的重要生命蜕变。因此，忘却了斧子，便是忘却了我们那远古的父辈。

斧子本身的构造便是一个命定的悖论。为了节省力气，手的功能得到延伸与扩展，一只木头做的柄与一个铁铸的斧头便被巧妙地连缀在了一起。木头，原本是活在大地上的生命之树；黑铁，原本是散落在大地上的赤色石头，这石头经火中涅槃，复活成为黑铁，被铸造成斧头，以专门去砍树伐木。树木正是被斧子砍伐夺去生命，死后才成为制作斧柄的木头，然后又联合斧头去残害自己前世的同类，一片片森林就这样被利斧伐尽，大地的荒芜逐渐侵入人类的内心。生命的残酷轮回，竟被如此简单至极的一件古老器具深刻地诠释了出来。无怪乎斧子总喜欢被人们编进一个又一个的神话中，如同一个符谶，向我们暗示着诸多的玄机。如，月宫里那位吴刚，就是手持银斧，无休止地砍伐着那棵永远都砍不倒的桂花树，与古希腊神话里那位每天清晨推着巨石上山、黄昏巨石又滚落山谷的西绪福斯多么相似，他们似乎是在向人类透露着一切皆是徒劳的真谛。幸运的是，中国月亮里的吴刚，手中幸好还有一只斧子，犹如让我们看到了徒劳命运背后的那面希望之旗，让世界多少被涂上了一抹亮色。又如，那位华山救母的少年英雄沉香，他就是凭着一把神力无比的巨斧，将华山劈开两半，勇敢地救出了为自由爱情献身的母亲。在这里，斧子似乎又成了一种温情脉脉的事物，充满了人间大爱和生命慈悲，以至于遮蔽了它那能开山辟地的锋利斧刃所迸发出来的闪闪寒光。

我们当然不能老是形而上地解读着人类精神世界里虚无的那把斧子，在现实世界里，斧子，更多的，是它那面向大地，永踞底层的一面。它往往是穷人手中唯一的工具，给那些砍柴为生的樵夫以唯一的谋生之路。它听惯了山泉松风的苦吟悲鸣，沾满了破檐寒窑的霜华冰雪，熟悉每一颗果腹之粮是由多少滴汗水换来，明白天下所有的穷苦人有着怎样的不幸与艰难。

继续让斧子引领我们走近草根民间的内心，拂去人间烟火的熏沐，斧子在记忆深处熠熠闪烁。故乡母地一位长年漂泊在外的老木匠，死去多年的满阿公，正肩扛一只斧子依稀走来。他自幼就跟人学习木匠手艺，能造屋架梁，也能雕龙画凤，在儿时的记忆里，他手中的那只斧子就是证明他职业身份的一个特定符号。他臂力过人，一棵粗圆的树木，交给他，犹如庖丁解牛，往往不过数分钟，便被他手中那只利斧一番狂削猛砍，眼花缭乱间，人们还在斧影中尚未晃过神来，这长长的树木便早已变成一根规则平整的木头。

满阿公长得高大，却生着一副苦相：脸长呈 V 形，极似斧头的一个侧面，眼睛鼓暴似铜铃，嘴巴却扁小如他手中那斧子的锋刃。他长年漂泊在外，挑着一副木匠家什走村串户，靠着他的木匠手艺吃百家饭，睡千家床。他似乎天生就不愿守着本分营生，内心老是渴望凭持手中那把古老的斧子逃离土地，可命运却如同自己的双脚，无论怎么漂泊，怎么努力，都永远无法离开大地。漂泊者或许注定也是孤独者，满阿公尽管长得壮实魁梧，却又没有一个女人愿意与他结伴一生。直到快四十岁了，他才好不容易从大瑶山带回一个广西婆，算是成了家。数年之后，广西婆为他生下了一儿一女。那年，到处都在饿死人，他却仍扛着斧子在外折腾着他的木匠活。广西婆看着可怜的儿子眼睁睁地饿死，绝望中，便独自偷偷地跑了。满阿公只好将可怜的女儿托付给自己的哥嫂抚养，与他的斧子又一道过起了单身公的漂泊生活。

后来，女儿远嫁，杳无音信。寒来暑往，满阿公渐渐老去，手中的斧子便不再锋利，木匠活再也干不动了。家里的老房子早已坍塌，唯剩一堆瓦砾。村里幸好有栋破烂不堪的废粮仓，里面搁满了密密的棺材，全是为村里老人们准备的，大多还都是他造的，但却没有一只是留给他的。村长便准许他住进了这粮仓，还顺便要他看守着这些棺材。因为害怕，人们难得走近这粮仓，直到满阿公死去很久，尸首都腐烂不堪了，才被人发现。死了就死了，人们便将满阿公，连同他那只从不离身的斧子，一起草草地埋了。

云上的年轮

这就是满阿公，一个底层木匠，与一只斧子共同走完了悲苦的一生。谁能告诉我，在那渐行渐远的大地深处，满阿公的那只斧子是否早已化成了一堆锈土，回到了它作为石头的前生？

凿 子

******

凿子，一种用于穿木打孔的器具，纯由一根钢铁锻成。一端是宽扁的锋利刃口，另一端是圆锥形的长孔，一个坚硬的木柄插入其中，以承受铁锤的沉重撞击。常常是，无论再坚硬的木柄，在经铁锤反复撞击后，顶部总会迸裂开来，形成无数片木瓣，它们弯曲，缠绕，极似一朵绽放的花朵。

对于一根木头来说，要想跻身于可用之材的行列，的确是需要被凿出很多窍眼来方可：因为木头与木头之间，正是通过卯眼和榫头的紧密契合，才得以勾连为一个整体，直至成为一栋屹立于大地的木屋吊楼，或是一件床柜桌椅之类的生活家具。因此，凿子虽然简单至极，但又确是木匠们最重要的一件工具。于是，他们总是随身携带，并倍加珍爱，平常不用时，便收藏于一个精致的木匣中，当成宝贝。

凿子，当是人间最痛苦的一件器物吧。为了在厚厚的木头上凿出一个孔洞，不知要挨上多少次铁锤的锤打。嘭，嘭，彭，这声音听起来既沉闷又压抑，犹如在敲击着大地的孤独之心。木头无言，凿子坚忍，此时此刻，两者便在撕心裂肺的痛苦中共同完成了一次"穿越"与"缺失"，足见凿开一个窍眼是多么的不易。

云上的年轮

在故乡母地的瑶山中，树子多，木头也多，木匠满阿公的凿子当然凿出的孔眼也就更多。或许这凿子承受了比别的凿子更多痛苦之故，它那木柄上的花朵盛开得也尤其硕大美丽，特别地吸引人的眼球。儿时的记忆日益模糊，唯有这朵凿子的痛苦之花却始终绽放于内心。

或许痛苦生成的事物，也最能蛊惑人心。每当满阿公的凿子被收藏于那个精致的古旧木匣时，常会令人作出种种荒诞的臆想：忍受了无尽痛苦的凿子，是否怀抱着它那美丽的花朵，沉入了孤独的梦乡？或是它在木匣的黑暗里，已化身为一个精怪神灵，正在神秘地修炼着它的魔法？

凿子就是凿子，是人的一件工具，哪怕它曾经凿了再多的窍眼，它永远是一件死寂的物质，一坨冰冷的铁，没有感觉，也没有生命。唯有满阿公这把早已不存在的凿子，却仍然默默地静卧在某缕幽暗时光的皱褶深处，闪烁着灼人的光芒。

被粒粒文字唤醒的这把虚无凿子，自然已脱胎换骨，铁木之躯早换成了纯粹的精神之骸、记忆之身，内里包裹着的，竟是一个流传于母地瑶山的神秘传说。

传说满阿公曾经给一户人家制作了一张精美的婚床。他将自己雕龙画凤的绝世手艺全部施展在了这张婚床上，将每一个部件都刻绘上美轮美奂的雕艺图案。什么神话里的云龙、凤凰、麒麟，还有瑶山里的香草、春藤、莲花都好像被他从仙境中，或是大地上搬到了这床的木头上，全还栩栩如生地活着，并没有死去，散发着一股强烈的生命气息，还裹挟着满阿公内心里那最不为人知的情思和梦幻一般。

可就在这户人家儿子的新婚之夜，美丽可人的新娘却突然疯了，在那婚床上恐怖地大喊大叫。

无奈，这户人家只好将这张精美的婚床低价卖给了别人。然而，不知实情的购床人将这张婚床抬回家中，晚上与妻子双双睡去时，不久，妻子竟也被噩梦惊醒，恐怖地大喊大叫起来。

吃了暗亏的购床人只好将这张精美的婚床闲置了起来，从此再也无人敢去睡，任凭那精美的雕花上结满了蛛丝，沾满了尘埃。若干年过去了，满阿公早已去世，这婚床也旧得差不多要腐朽了。购床人嫌它碍眼碍事，又占地方，便决定将它劈散开来做柴火烧。不想就在他用斧头将这床劈散成许多木头部件时，在床沿处那块最厚实的木头部件一个隐蔽的卯眼中，里面竟然嵌进了满阿公那凿子的木柄，其顶部正是那朵绝美的木瓣之花！

　　人们想起满阿公作为一位木匠，据说是学过鲁班巫术的，这才恍然大悟，或许，正是满阿公暗使了法术，使得这床才有了某种魔力吧。

　　独居单身的满阿公之所以要干下如此阴毒的恶行，或许是缘于对美好爱情的忌妒，或许是出于其他原因也未必。反正死无对证，一切都无考了，唯留给人们无尽的猜测与想象而已。

　　抑或，这个亦真亦幻的传说，正是满阿公那把虚无凿子的魂魄。

锯子

******

童年的耳朵，月光盛开的花朵。哪怕再寻常的声音从一侧的"花朵"涌进去，从另一侧"花朵"流出的，也定会被幻化成某种充满魔力的记忆之"蜜"。譬如，母地瑶寨里一种极普通的锯子锯木头的声音，那呼啦呼啦的尖叫刺声，却变成了一种悠绵低缓的沉吟，它们与锯末一起从锯缝里不断飘洒而出，渐渐地，便如白雪般覆盖住了脚下的那方小小大地。此时就会觉得，木头被锯开的痛楚好像也减轻了许多。

亦如尘埃落定，这包裹了痛苦的，投奔大地的声音，它们一定会在大地深处很容易遇到一段草根。待冰雪消融后，这段吸附了一种神奇之音的草根，或许就会萌发长成一丛茂盛的茅草。它们承沐着日光、月华、鸟鸣与晨露，长得越发青葱，招展于高山深谷，或是挺拔于某条瑶家小径旁。瑶山里的云和风，会将时光的记忆之梦一遍又一遍地熏染到每一缕叶脉中，这就让它们拥有了某种生命的灵性，与远古时代的某丛茅草便没有了差别。一个游荡于森林中的大地之魂从那小径上飘了过来，他穿着粗布土衣，一脸倦容，唱着樵夫的歌子，来到这丛茅草边时，竟停了下来。他蹲下身，扯下一片茅草在细细察看，隐约间，他的手心分明还流出了一股殷红的鲜血，可却没有露出任何疼痛的表情。突然间，他竟然大声喊叫起来：我发现了！我发现了！接着，他便在小径上狂奔而去，很快就消逝遁形于那小径的尽头，时光之外了。

据说，这个人便是木匠的祖师爷鲁班，正是一片茅草那锋利的锯齿划破了他的手指，从而启发天才的他发明了锯子。是不是也可以这样说，锯子正是一片大地上的茅草潜入了鲁班内心后的梦幻显形？一片只能割破肉质手指的茅草成为一种铁制的梦幻之锯，竟仍缘于我们这颗包容天地万物的心。因此锯子的功能注定就是要锯开木头，去寻找木头的内心之梦。

母地瑶寨里的木头那么粗大古老，它们的内心当然就会装着许多瑶家人的热梦了。如，那些关于盘王祖先的古歌传说，瑶家吊楼里的幽咽长叹，还有温暖火塘里被瓜箪酒点燃、或浇熄了的火星余烬，以及巫师经常神秘叩响的那阵阵长鼓之音。这全都构成了瑶家人内心热梦的原初材质与记忆碎片。这些木头一旦被锯开，内心展露无遗时，它们所占据的三维空间形态也将会被锯子所切割成极似二维平面的无数块宽宽的木板，这就给瑶家人用来建造自己梦幻之屋提供了绝好的材料，成为他们赖以栖居的古老吊脚楼最主要的部件。它们因为仍是木头，所以也永远深具着木头内心的每一缕梦幻之魂，构成了瑶家人另一种寄居身体的"容器"，也成了瑶家人与大地息息相通的另一个精神之窠。这足见锯子在其中所发挥的重要作用。无怪乎瑶山里的木匠每每感到劳累时，定会手扶着他的那把长锯，脑袋脖子都会依托在锯柄上，沉沉睡去，或许在梦里，常会遇到那丛大地上的青青茅草？！

锯子，一种与梦幻有关的，如此奇妙而又重要的器具，正如它永远隐身于大地草根一般，在文字的记载里，它却是一种藏匿于那阴曹地府里的恐怖刑具，说是用来肢解活着时犯了罪过之人的肉躯，这该是对锯子的某种精神亵渎。在真实的民间，锯子是难以用来当成一种杀人工具的，相反，若要将一根粗长的木头锯开成许多块木板，除了需要两个有力壮汉的辛苦付出，往往还需要两人达成一种高度的默契配合才行。锯子那排排锋利无比的锯齿貌似令人不寒而栗，但给予人的，却是一种心与心的无形交流，这正是一种大善之德：在锯开木头时，仍需要一种精神上的默契沟通，正是为以后将块块木板去搭建成一座新的屋宇，重新互相勾连为一体而透露禅机。

锯子的基本模样仍没逃脱一片草叶的长条形姿，一片又薄又长的强硬钢片，一侧被锉成一排排密密的锋利锯牙。依据其不同的功用，两端或装上木架，或装上木柄，便又会组合成不同的式样了。比如，有一种线锯，就纯是在一根细长的钢丝上刻上了细密的锯齿，绷紧在一张竹弓上，用它来锯开一些雕花饰板上需要镂空的地方，让目光通透过来。还有一种锯子，两端仅安着两只木柄，余下就是一片长长的坚韧锯片，据说可以缠在腰上，当成腰带以随身携带，便被叫作"带锯"。两个人只要分持两只木柄反复拉送，用来砍伐树木非常方便。因此带锯曾经被山外的穷苦人当成进山偷伐的必备工具。他们常两两结伴，腰藏带锯，潜至林间，往往还没伐树，凭着腰间的那把带锯，就大都被瑶家人捉住了。令人惊异的是，他们往往总是非常齐心，绝口不提进山的真实目的，极有一种同生共死的义气，令人钦佩。于是，心慈的瑶家人总会主动将他们释放，并还送上一些吃食，这让他们感动万分，从此便再不会进山来干这龌龊之事了。这时原本被当成凭证的带锯，在阳光下，定会闪烁着一种耀眼的温馨之光。

这或许正是锯子那铁质钢骨，与人的内心摩擦而出的人性之辉吧。

刨
子

******

世上若有一件神器，能将时间从空间里刨削出来，让我回到如梦童年，定是伏踞于故乡母地的那只刨子。

在木匠众多的工具中，刨子该是最安静的一件家什吧。它总是呆呆地匍匐着，犹如一位世外隐者，或是一位开悟禅师，世事沧桑尽收眼底，红尘万般全幻于心。当然，瑶山里木匠满阿公那双爬满青筋的手常会打破这份入定之静，拾起刨子，用力将它在一根粗糙的木头上来回地做着摩擦运动，刨子与木头接触的光滑底面，巧妙地安置有一块铁制的刨刀，如同伸出的锋利舌头，就在这看似肌肤相亲相吻地反复摩擦间，粗糙的木头便被刨刀刨削出片片又薄又长的刨花，还让木头痛苦地发出阵阵"咝——咝——咝——"的呻吟之声。

童年常被那美丽的刨花所吸引，看着从刨子背部那方形孔洞里流泻而出的刨花，飘逸飞舞着，极似喷涌而出的卷卷浪花，令人神醉魂迷间不由得暗自痴想：满阿公如果一直这样使劲刨下去，刨下去，这粗大的木头会不会被刨得无影无踪，唯剩下一堆铺满于地的刨花？当然，刨子的功用仅止于将木头的凹凸不平的外表刨去，使其变得光滑如镜，以让人在触摸木头时，产生一种温泽滑溜的舒适感觉而已，因此这样的情形自然是从来没有真实地发生过，幼小的心灵却从此如中了魔咒般，竟被这个可笑的痴念深深缠上了，让我在敬畏刨子的同时，也对木头怀存着一份莫名的怜悯之情。

　　一根木头，原本也是一个活在大地上的生命，一棵长在瑶山里的大树，始自一粒泥土里的种子，从发芽、长叶、抽枝，再到成长为一棵屹立于天地间的苍松巨杉，谁知它体尝了多少风诉雨泣，月吻日抚？一个生命，一棵树为什么会让时光的形骸蜕化成圈圈圆形的年轮，一道又一道地收藏于心，刻镂于整个身躯的内里？一棵树无论怎么历经刀斫斧劈，变成今生这么一根可用之材的木头，这道道年轮仍会从刀锋斧刃间一一裸露而出，而当刨子将木头刨出片片刨花时，那片片刨花上的道道纹饰，正是那圈圈年轮的深深烙痕，它们"仿佛是一种生命的原始符号，一种怪异的文字密码，凝血似的暗红中露出一种朴素而又深刻的美"。这或许就让神秘的时间显现了形迹：生命的过程，不正是事物一种或漫长、或短暂的时光堆积？

　　刨子在对时光之木进行刨削时，童年恍若也真的如花蕾般被一一掰开，然后展露于心头的，则是一堆如刨花般的梦之花瓣，美丽无比，却全成了残缺的碎片：躲藏着太多纯真笑声的高高草垛，沉浸于菜园大水缸的白月亮，遗失于弯弯山路上的小小足印，被山风吹走的那件五彩小花衣，缝补的阿妈在暗夜里拨拉出的一粒红艳灯花，让童年发呆的自屋檐流下的条条雨线，还有黑夜里飞入阿公那神秘古歌里的几只微弱萤火……诸如此类的无数杂碎意象，都混沌地搅和在一起，在内心里化成了万花筒般的记忆斑斓，唯交给这神奇的刨子来细细刨削，一一展现。

　　的确，正是刨子，剥开了我们这颗洋葱似的内心，恰如一首熟悉的歌词所唱："如果你愿意一层一层/一层一层地剥开我的心/你会发现/你会讶异/你是我/最压抑/最深处的秘密！"

　　从内心出发，如一只小小的蝼蚁，沿着一片童年的小小刨花寻去，发现的，还不只是一些熠熠闪烁的记忆碎片，或许还会走入世界的某个时空维度的入口。这入口，便是那宇宙学所说的"时光黑洞"吧，据说是一个连光线都无法逃逸的神秘之境，但却又是连接宇宙多维时空的通道。作为一介凡夫俗子，无论如何也想象不出这"时光黑洞"的模样形状，只是模糊地想象，这是不是就如母地瑶寨里那用于贮藏红薯苞谷等吃食的窖眼，深黑无底，穿过去，就能穿过这厚厚的大地，抵达到另一个世界？呵呵，内心里无论做着多么神异的想象，真实的世界仍现实得冰冷如石，不可能变形，也不可能被穿越，唯有记忆里的这只油光发亮的老刨子，躲在暗处像上帝一样，在偷偷发笑。

静默的刨子，一位心知肚明的智者，它那暗藏的铁制刨刃，闪耀着思想的锋芒之光，竟会层层刨开内心里那密实蜷曲的每一缕时光。缘于此，它似乎便超越到了时空之外，坐定于时间与空间相交的原点。这原点，或许便隐伏于那千里瑶山的某个最隐秘之处。远方的瑶山千年如新，亘古如斯，万物守护着神灵，大地栖居着众生。云卷云舒，花开花落，每一条道路都能抵达心灵的港湾，每一缕叶脉皆能连通梦想的原乡，每一颗露珠，每一粒虫鸣，都暗藏着秘密与玄机。因此，如淬火般，刨子便拥有了一份纯粹的灵性。

还是让语词的刨子交还给实物的刨子，让刨子重新回到刨子的自身吧。无论怎样絮絮叨叨的延展刨花般的文本，刨子仍然是一个绕不开、逃不掉的关键词，如一粒精神光核，暗削出道道虚无的光芒。而在现实里，刨子仅是一件满阿公的寻常工具，一件纯由木头与铁块构成的普通家什而已，它就安伏于老屋某个不显眼的地方，旧事碎忆装满内心，积尘暗影堆满全身。只是，在许多个沉重的深夜，刨子常会听见那伤病缠身的满阿公，发出阵阵难受的咳嗽声。

云上的年轮

锛

子

******

锛子，名如其物，它的孤独与冷僻，源自它那特立独行、又有点令人敬畏的功能：只专用于制作棺材。因此，它黑铁锛头的楔形模样，极似一枚安插于死亡之隙的神秘楔子。

锛子也可以说是斧子的一个变种。斧子是为人谋取生存、建屋造窝而诞生的，而锛子则是为人死后的安置、制造亡魂之匣而发明的。生死一理，斧锛同类。倘若说活着是一种幸福美丽的大地绽放，一种生命存在的原初渴望，一种细琐繁杂的劳心劳力，那么死亡便是一种平静的大地回归，一种万物合一的终极抵达，一种全体生命的弃形逝魂。一个"锛"字，便极为形象地揭示了从生到死，正是一场没有回头路可走的奔跑或是奔忙过程而已。作如此的形而上思考，对这两样永踞底层民间的古老器具来说，或许多少有点矫情与做作，但又真实得无法让人回避：就像生无法绕开死一样，锛子，它的确就残酷地横亘在那儿，就搁在瑶山母地幽暗的老屋里，不经意间就会唤醒儿时的历历记忆。

斧与锛的区别在于刃的方向不同：斧子刃与柄的方向平行，而锛子刃与柄的方向则成一定的夹角。斧子在砍树伐木时，会被挥洒成一面猎猎招展的旗帜，而锛子则在掏挖棺木时，则极似农人面朝黄土背朝天艰辛劳作的情形。没错，锛子的模样完全就像是一把那挖土掘地的锄头。锄头是直接用于开垦大地种植作物，为了向土地讨生活，锛子则是用于制造棺材：母地瑶山里的人们制造棺木的方法，既古老又简单，就是砍回一棵巨大古树，稍作修斫，挥动锛子径直在上面掏挖出一个容身纳体的死亡之穴，再制作出一个屋檐似的棺盖，然后两者上下一合，一具略显粗糙，但又极为厚实笨重的棺材便算造好了。

想起锛子，自然又会想起满阿公，他那挥动锛子、掏挖棺木的动作永远定格在了儿时的内心。每当他为母地的瑶家人制造棺材时，他总会袒胸露背，顶着烈日，像农人挥锄掘地一样，挥动着他手中的那只锋利的锛子，随着嘭、嘭、嘭的沉闷声阵阵响起，雪白的片片木屑便会四处飞溅，那巨大的木头上就会慢慢被掏挖出一个深深的洞坑来，而他全身则定会被豆大的汗水与木屑所覆盖。因此造棺木正是木匠活里最费力艰苦的活计。木头虽说也是大地上生产而成的事物，但它毕竟又绝不是大地，它的坚硬与沉实，往往会需要人付出比挖地更加多的力量和辛劳。随着满阿公的慢慢衰老，他后来也慢慢变成了一个佝偻的驼背，这一定与他造了太多的棺材，付出了太多的劳累有关。

在母地，新造的棺材是绝对不能接触到大地的，只能让其搁置在条凳上，或是木架上。在儿时的眼里，这当然是一种神秘而又恐怖的器具，总觉得它浑身都散发出一种骇人的死亡气息，看上一眼，都有可能会得上噩梦。满阿公能天不怕地不怕地制造棺材，便暗暗地视其为英雄而崇拜不已。因怀了强烈的好奇心，又极想靠近那新造的棺木，将那黑深的洞窟探个究竟。终有一回，竟然就独自爬上了那搁置棺材的条凳上，朝里引颈探视，才发现这又长又深的木头洞窟里空空如也，那一道道年轮，因被掏挖，而被切割杂糅成各种图形和线条，看上去无规无则，如同一种神秘的符谶，或是一条绵延曲折的时光之径。现在想想，生命的历程，或许就是沿着这样一条复杂路径彳亍走来，一直抵达到这个安托死亡的洞窟里，让肉躯与这古老的木头合二为一，融为了一体。当然，幼小的内心无法想出这样抽象深奥的事理，只是很容易想到亡人鬼魂、阴曹地府这类纯粹虚无的可怕意象。刹那间，便顿感毛骨悚然，恐慌中便从条凳上摔落在地，以至于磕破了两颗小小的门牙。

或许，棺材在儿时心中的恐怖感，最初还应缘于满阿公手里的那只锛子，是它让一只古老的木头在制作成棺材的同时，又将死亡的恐怖阴影烙进了那古老的木头中。尽管在母地瑶家人的眼里，既不贪恋生，也从不畏惧死，他们从来便是将生命看成是一朵盛开于瑶山里的花朵：生即是花之绽放，死则是花之凋落。万物有情，众生同怜。正如笔者在瑶家吊楼里抄下的一副并不算工整的挽联所说："果熟必然落地；人老终究升天！"人的生命，何曾又不是大地之花结下的一枚硕果？然而，回到现实，满阿公这枚人间最辛涩的"苦果"，谁又能想到，他一生制造了那么多的棺材，死后却没一具容纳自己身躯的棺材。或许，这便是草根阶层那从生到死之间的命理限定。满阿公手中的锛子，莫非便是安插在他苦难命运某道裂缝间的一只残酷楔子？

的确，人们最难以看破和参透的生死之谜，或许就深藏于这孤独而又冷僻的锛子中。

一个喜欢栖居在
梦里的民族

梦窠

******

瑶家人是一个喜欢栖居在梦里的民族。

他们受到鸟儿做窝的启发，用瑶山里的木头、树皮和茅草随便往水边一搭，便将内心深处那关于祖先的梦掏出来，显形为一种被称为"吊脚楼"的独特房屋，当成了自己的家。

瑶家吊脚楼那修长的腿，便是插入水中的数根立柱。这些立柱都是从瑶山深处搬来的老杉树，都是一些活着的木头。它们吸附着大地的神性和水的灵气，源源不断地浇灌着瑶家人那朴素而又原初的生活，用一种生命的力托举着瑶家人灵魂的巢窠，如同遗落在路上的帽檐，盛开在大地上的花朵。吊脚楼貌似粗枝大叶，显得拙野不堪，内里却精巧绝伦，一如瑶家女人那颗柔巧的心。能干贤惠的瑶家女人会将自己的家拂拭得一尘不染，会让每一个细微之处都安排得妥妥帖帖，恰到好处。无论是劳作归来的瑶家汉子，还是远道而来的客人，走进屋里，都会感受到一种家的温馨，一种情的氤氲。大叶茶、瓜箪酒、木桶澡盆、八宝织锦被……都是这屋里不可缺少的各式精神"器官"，正是它们才构成了瑶家人梦境里的别样风景。那堆永不熄灭的火塘无疑又成了瑶家人灵魂的薪火，照亮了瑶家人的梦境，无限拓展了他们的心灵空间，仿佛将整个世界都装进了这小小的吊脚楼。

瑶家吊脚楼在大地上绽放，自然也会在大地上结果。她们随意地系缀在那些曲长若藤蔓样的河边溪畔，便成了孕育生命的绝佳"容器"和瓜瓞。瑶家的男人和女人们先是在梦里吟唱起最痴情的缠绵古歌来催化他们的爱情，然后去摘来屋后那被山雨打过的蕉叶，包裹上她们内心里那汪最圣洁的月华去播下生命的种子，十月怀胎，一个新的瑶家人"哇"的一声便终于诞生了。于是，瑶家吊楼又成了安托瑶家人灵魂的一个古老摇篮——这个瑶家新生命从这摇篮里睁开第一眼看见的，必是祖先的那双最慈祥的眼睛，听到的第一句歌声必是有关祖先那古老传说里的神秘咒语，喝到的第一口奶水必是掺和有祖先流淌下来的魂髓！

黑夜来临，楼下的那些水开始静静地睡去，瑶家吊脚楼便开始偷偷地行走了。她不声不响地满载着男人的鼾声、女人的呓语和小儿的喃声，行走在这个古老民族那条亘古不变的道路上，去寻找着千百年来瑶家人那最向往的精神圣地。她逢山过山，遇水过水，没有谁知道她会走到哪里，也没有人知道她会在何时停下来。只看见屋中火塘里的火焰在夜风里飘忽着，闪烁着，瑶家吊脚楼便极似一位神秘的梦游者，持着灵魂的灯，照亮了她走过的每一寸大地……

树精

****

来江华两年多，我最爱去的地方，便是九龙井。去了一回又一回，去了这回想下回。有人就问，是不是魂儿被那些树精勾去了？我会心一笑，认了。

说的这树精，当然是指那片神奇的檵木林。

檵木，原本是山里一种极为普通的常绿小灌木，茎秆细瘦，质地柔韧。习性命贱，矮小低微。春开白花，满山坡便如白雪覆盖，一片片、一簇簇，亮人眼目。只是花期太短，转瞬即过，难得给人留下一丝留念。山里人看多了参天大树，自是不屑一顾，便总是将它拿来当作捆扎柴火的绳条；或稍微长得粗一点的，便砍了去烧成木炭。据说，檵木烧成的炭，最耐烧，能经夜不熄，长久释热。

我第一次来九龙井，是八年前，那时我还年轻，正是自以为是的年龄。一看到这片檵木林，我便被震撼住了。没想到，这些檵木竟长成了乔木一般粗大的树！它们虽然身躯扭曲如虬似绳，全身遍布了累累的伤痕疙瘩，模样狰狞，但的确不再是原本的灌木了。站在远处，一眼看去，真疑心自己来到了一个神奇的精怪世界：这些檵木家族里的异类分子，如鬼魅，似妖魔，在挣扎，在狂舞，似乎皆显了原形，将生命里那最强悍的原

云上的年轮

力全凝形固化了。

记得当时我满脑子里就是一个字：力！

冥冥中，命运就是这样巧合。几年后，我竟然有机会调到江华来工作、来生活了。从此，我这位异乡客便与这片檵木林结下了难舍的不解之缘。

在江华两年多来，我一直是只身一人。性情使然，我天生有些孤僻，不擅交往，不是那种在人堆里能混得开的一类。于是，物以类聚，这片檵木林便有幸地接纳了我。

我最喜欢一个人来。一走进这片林子，心就澄明许多，再难解的心结，再沉重的烦嚣，都能放下了。

林子里那口"九龙井"，其实是一条斗折蛇行的水脉，源于一棵巨大的古樟树。据说此水千百年来一直未有干涸过，附近的千亩良田，就全靠了它的浇灌。少有人来时，我便爱在林子里独自徘徊。来的次数多了，面对这些树之异类，我已不再惊异，内心里只有虔诚。总是如入圣境，满怀着庄重肃穆之感。据专家考证，这些檵木的平均年龄已达 500 岁，最大的，年龄已过 3000 岁了。

"人生不满百，常怀千载忧。"这片檵木林都活了千百岁了。千百年来，它们历经多少春去春回，花开花落，依旧坚守着脚下这片土地，坚持着自己的位置，默默不语，阅尽人间变幻。

我有时也爱随便找块石头坐下，静静地默想。林子附近的那个村子，名字取得真是好极了，竟叫"莲花村"。莲花，算得上是世上最干净的花了，被称为"花之君子者也。"据佛经里说，当年佛祖一出世，便站在莲花上，一手指天，一手指地，并说："天上天下，唯我独尊。"无怪乎，这片檵木林修成了正果。它们何止是成了精，其实有的也差不多成佛了。当我这样漫无边际地冥想时，便觉得这儿真的就像一个禅境。它的一草一石，一枝一叶，似乎都藏满了禅机玄理，给人以无尽的启发和感悟。只是，这林子无言，禅也无言。可惜我这样一个愚人，实在不敢奢望顿悟见性、立地成佛的大造化，还是在俗世里慢慢修炼吧。

独自在林子里待久了，就总疑心自己是不是也快化成这林子的一部分了。是其中的一棵草、一块石？还是其中哪棵檵木的一枝、一叶？"万人如海一身藏"。此时此刻，天地之间，檵木和我，共同拥有的，只是一种孤独。

空山鸟语，这个神美的古典意境，以前，我只有在刘天华那绝妙的胡琴里才能体会得到。而如今，在这片林子里竟也真切地体验到了。还记得那是一个清静的早晨，正是旭日初照，雾霭迷离。我正是这样一个人独坐在林子里，天地一片空寂。突然，从稠密如盖的树荫里，传来一串清脆的鸟鸣。那声音，圆润而空灵，曼妙而悠长。极富灵性，恍如仙音，更似云天里飘下一尾白天鹅那轻柔的羽毛，姗姗落到了我的心湖。

过了好长一段时间，这鸟声还似乎在我的耳边萦绕不绝，一如那佛的清音……

燕垒

******

"看到屋，走到哭。"爬上这座山，翻过那条冲，远远望见的几间柴屋，就是燕垒村——外婆的家，一个传说里燕子垒窝的地方。

外婆，您额上的道道皱纹，何时幻化成了这层层梯田？哗——哗——哗——，阵阵山风掠过竹林，恍惚又传来您亲昵的声声呼唤。

外婆，您一定还在村口等着我。这条熟悉的村路，不仅仅抵达外婆家，还抵达童年，抵达春天。

傲然屹立的冲天树，尽管春意盎然，但仍难掩自己孤独的身影。

外婆家把石头唤作"玛瑙骨"，它们其实比真正的玛瑙都更珍贵。因为穿着开裆裤的我，曾在上面磕破了一颗门牙，流了好多血。哈哈，当然，那花床单上，肯定还留着童年好多尿渍。

咦，今天家里好安静。哦，外公背着鸟铳，领着黄犬，上莫帝界打猎去了；外婆，正在菜园扯小菜哪。

再老再老的屋，都渴望生命阳光的照耀。在这里，生活已完全裸露出它朴素的底色，爱就躲在某个暗处熠熠发光。呵，我已闻到了外婆家老酒的馨香。

也该歇歇了，老犁。您静卧的模样，多像老外公佝偻的身躯。

老犁，春天的道具，粮食的源头，大地的恋人，留下了太多的雨季之秘。

火塘里的微火，还在记忆的余烬里暗燃。请喝一碗鼎锅里热气腾腾的大苦茶吧，定能让您在酣畅淋漓里品尝到外婆家岁月的清苦，与慈爱之情的绵长。

外婆家的石对坎，一种专门用于打糍粑的容器。外公挥着粑锤打糍粑那粗犷的身影，还有外婆捏糍粑时的慈祥笑容，永远铭刻在内心深处。

外婆家的窖眼，除了贮藏着红薯、生姜，还藏着一个红色传奇：新中国成立前，外公、舅舅都是湘南人民翻身团的队员，这是我党领导的一支游击队，他们常常白天躲在这窖眼里睡觉，晚上出去打土豪地主，偷袭"二本鬼子"。外婆家把日本兵叫"一本鬼子"，将国民党兵叫"二本鬼子"。外婆常常抹着眼泪说，"一本鬼子"一走，"二本鬼子"又来了，造孽啊。

外婆家的碓坎。笨拙的碓早不见了，但外婆艰辛踏碓的沉重声，还时时回响在耳畔。千年前的禅宗六祖慧能，也曾踏过碓。难怪这小小的碓坎里，时至今日还满盛着天光云影，莫非还留有六祖的一颗禅心？

山居的日子真的好悠闲。难得一见的农家大公鸡，唤醒黎明的红冠大元帅，你踱着方步，又想出啥沙场妙计？馋嘴的童年，只想吃上您的那两只肥硕的腿。

拨开如梦如幻的山间晨雾，恍若又见一双小脚的外婆，摇晃着脑壳与身子，正颤颤地迎面走来……

青苔，啃噬时光的蚕虫，吐出绿色的记忆，一层，一层，留住往事，留住沧桑，绽放芬芳。谁又在低声吟唱："苔花如米小，也学牡丹开。"

童年不再，外婆也不在了，生命总是这样匆匆，孤单单的身影后，究竟藏着怎样寂寥的心情？

如梦如幻的记忆，如一幅静染人心的春色图，在画框所不及处，当有春燕衔泥垒巢的忙碌身影，与缠绵的呢喃。

村后的映山红凌宵独自开。我，却好想我的外婆。

土布

******

　　该怎样来唤醒沉潜于民间的一块土布？

　　垂下被浮华长久刺痛着的疲惫眼帘，让世界回到它原初的背面——隐约中，一缕纤柔的温暖光线便自心底冉冉升起……追随而去，这缕光线会领你穿过祖先的那眼遗失于大地的针孔，寻找到被月光打湿了的土墙缝里的几粒虫鸣，揭开那缝补于苦难生命的密密补丁，直至引入一个古老的长梦，被蜕化成一张永恒的精神之膜……

　　这张永恒的精神之膜，显形于现实的物质实体，就是祖先留下来的土布。

　　土布因拥有了一种永恒的精神性，因此便拒绝了时尚和现代，它的美是一种参悟了某种生命本质的永恒大美，而不只是一种紧跟潮流的瞬间之炫。土布有着大地的原初本色，也如同大地一样被人类渐渐遗忘，它永远存在于最底层，化为生命的襁褓，呵护着草根们的卑贱之躯。没有它，很多苦难母亲怀中的孩子会被寒风吹熄生命的那点微弱火星，会被坎坷小道上的刺蓬扎出更多的血痕来，也会让伤心不已的母亲们无法抹尽她们的眼泪。生死同道，草木一生，土布最终也会成为包裹亡者骸骨的单薄寒衣，收藏于那个黑暗的棺匣，复归于亘古的泥土。因此，"布衣"一词便成了弱势者们的一个古老代称，让土布以一个符号形式和坚守大地上的人们厮守相连，永不分离。

土布的另一个温馨的名字，是被称作"家织布"。人类在大地上筑木垒石建造房屋赖以栖居，只能是守护着我们的现实身躯，还不能说就已建造了一个完整意义上的家。懂得掀去身上的兽皮和树叶，用心智和巧手去编织土布裹身，家才真正拥有了某种人性的意义。一种被称为棉和麻的植物注定会被生命的高贵灵性所照耀。远古的大地和天空是那样的空旷无限，男人们通过在大地上辛苦的劳作，让这种作物得已储满了太阳的热量和白云的色度，收获后，便全交给了最富慧心和幻想的女人们，任由她们来张罗了。——业已坍塌半边的老屋里那俩祖传的纺车还没有被时光完全销蚀，让我从记忆里仍然依稀可辨祖母日夜纺纱的佝偻身影。祖母尽管是一双小脚，从没有走出老家那片方寸之地，可她那双纤细的巧手却仅凭一缕从棉锭里抽出的细纱量遍了她内心的青山秀水和浩瀚星空。祖母不识一字，全从心的感悟出发，领悟了经天纬地的全部奥秘，学会了用自己的全部情思去编织心灵的梦巢和殿宇。日月如梭，在唧唧复唧唧的古老机杼声里，人类的所有梦想、爱情和人性的热度便因了土布的诞生而得到了最佳的展示和表现。完全可以想象，当年那个叫孟郊的唐代潦倒诗人，正是因为从大地上窥见了寸草在春晖下的内心颤动，才从一个盛世王朝的另一面吟出了"慈母手中线，游子身上衣……"的千古绝唱。这是人类在漫长的苦途中对家园情怀最深沉的愁思和感伤，土布在此又化成了召唤游魂孤心的一面神幡。

我们的肉躯是如此的渺小，永远被限定于七尺之内，可我们的心灵又是如此的广阔无限，连整个宇宙都能绰绰有余地装下。再贪婪的帝王将相无论将自己栖身的屋宇或是坟墓建造的多么伟大和辉煌，如巍峨的金銮宝殿和古老的金字塔，面对世界，它们仍只是小小的一隅而已。再卑微的草民懦夫也能自由地让自己的天空洒满日月星辰，让自己的梦想超越于现实的一切苦难和不幸，如穷困的庄子和凡·高。他们内心空间的最初拓展，一定是始于一块朴素的土布。因为只有土布，从它最初源自一颗萌芽于泥土的种子开始，再成长为一株大地和天空间的植物，又经人类的精心编织才展现于一双母亲的手中，这个诞生的过程一如人类对世界空间感的内心领悟过程，即从种子那抽象的一"点"，到蜕化为光芒似的一"线"，再到经纬交织而成那大地外衣似的一"面"，直至最后成为人类自由裁剪、勾连、缝纫的各种衣物器具的空间实体，真正让我们自身的存在和精神想象完全融为一体，抵达了心灵最自由的多维梦幻世界。

土布注定不可能消逝，你可以将它抛弃和遗忘，但只要我们还心怀美好的梦想，它一定又会从某个大地角落里显现出来。譬如，在层峦叠嶂的莽莽千里瑶山深处，土布就仍还被瑶家人招展于猎猎山风中。对瑶家人来说，土布不仅是他们遮身护魂的衣饰，还是他们渴望和大地上的万物生灵精神相通的重要载体。土布被瑶家人用一种青靛的染料在溪水里染成青色，一定是因为悟到了只有青天的颜色才能让宇宙的所有事物展现出来的秘密，因此他们才能在这青色的土布上去巧妙地用心刺绣出世界的各种生灵图形出来，运用各式鲜艳的五色丝线，瑶家姑娘们便能把绽放于自己内心的花草、鱼鸟、水云，或是日光和月华全移植于这并不算宽阔的一方青天之中。当然，还有她们梦里的一些不能为人所知的秘密，也都用各种特别的抽象图案和花纹巧妙地织绣于一些衣裾袖袂中，年复一年，这些绝美的图案竟然还被她们当成了某种表情达意的如同文字样的符号，代代传承了下来，并被现代人视为珍宝，称其为"女书"。多少人为破解这些符号，竟为其付出了一生的心血，可活在汉字世界里的人，又有多少灵悟之慧来领悟得到一个被大地皱褶所遮蔽的瑶家女人们的微妙情思呢？

瑶家人用青色土布来遮裹肉躯，却又用自己的五色丝线的精绝刺绣来裸露出他们最纯洁美好的心灵，这是最底层的一种美学思辨，也是真正神领了人和万物生灵之美的本质所在。肉躯又有多少美值得欣赏？不外乎就

云上的年轮

是和万物一样的细胞构造罢了，唯有人类心灵的灿烂星空，唯有人类精神世界的梦幻之花，或许才是一种永恒的真美吧！

　　土布除了至今还存留于瑶寨，它其实还被一些内心渴望安抚的人当成旧梦珍藏于都市的某个不为人知的暗处，比如，一个怀旧的樟木衣柜，或是一个故乡母地捎来的行囊里。在我家的新居里，在那只旧书柜的底层中，就收藏着母亲遗留的一件土布做的小褛裸。这是从祖母手里传下来的，针脚连针脚，补丁摞补丁，已完全看不出最初的模样了，可它又曾经呵护了诞生于我们魏家几乎所有新生儿女的肉躯，我，我的姐姐们，还有我的儿子。因此它被清水洗得愈益发白，显出了一种高贵精神的纯洁光芒。

瑶

路

******

一

千山万岭都走遍，

盘王子孙过山川；

长鼓瑶人歌不断，

子子孙孙要归源！

……

我正是从这撼人心魄的瑶歌声中走进了这个古老民族的心灵。

歌者是一位年近古稀的老瑶胞。据说他年轻时因为歌唱得好，迷倒了无数的瑶家妹子，但他却为爱情而入了魔，一生都没结婚，成了一位爱在路上歌唱不已的半个疯子。这样，村长便叫他当了寨子里的护路员，担负着看护那通向山外唯一一条村级公路的重任。

那一天，当我在那路上听到这古老、原始而又粗犷的歌声时，一下子就被震住了。这古瑶歌的旋律既不像蒙古长调那样无尽绵长，又不像其他民族的一些民歌那样跌宕起伏，而极像一条蜿蜒于崇山峻岭间的绵延山路，盘旋反复，徘徊缠绵，和着那神秘的长鼓咚咚，像心灵发出的喃喃呓语，如大地舒出的声声长叹。

他唱的歌词正是瑶族历史古歌中的一段《盘王大歌》，讲述的是瑶族同胞千百年来跋涉迁徙的苦难记忆，以及要寻找到他们本民族的精神家园、犹如天堂圣境般美好的一个叫千家峒的神奇地方——这也正是他们最神圣的生命誓愿。歌词和旋律切合得水乳交融，浑然天成。让人觉得，也只有这儿的山山水水才能孕育得出这样的奇特民族、这天籁般的古老旋律。这歌声也让我悟到，瑶族同胞们正是用自己世世代代的苦累行脚无数遍叩击着大地，才让大地以路的形式呵护了他们纯洁的生命，以旷古的悲悯之情召唤了他们历尽苦难的灵魂。

从此，我便真正体会到了瑶族同胞们为什么对路有着如此深厚的情感，原来，他们是想要从一条现实的路跋涉而去，通过无尽的苦苦歌唱，直抵生命彼岸的那一条精神之路，以寻觅到呵护他们心灵的那个天堂般的美好家园。

二

默默行走在大瑶山的崎岖山路上，身陷于千峰万壑的重重包围之中，会感到自己渺小至极，无助至极，那巨大的孤独感会死死缠住你。很快，你内心定会被一种极想大声叫喊的强烈欲望所占据，犹如一匹旷野里的狼渴望嚎叫一般。此时此刻，你才会深深理解到，瑶族同胞们的这条命运苦途，与其说是用脚行走，用心歌唱而成，倒还不如说是用孤绝的灵魂呼唤出来的。

是的，只有深刻体会到这个行走在路上的民族内心所累积的那山一般的孤独之苦，你才能让自己尘封已久的心柔软、敏感起来，才能和这个古老民族的心灵发生深深地共鸣和碰撞——

当你用耳朵谛听着他们的歌唱时，你隐蔽的鼓膜定会听得见这个民族最深沉的幽咽长吟。当你用肉眼看到瑶家汉子们用躯体扭连在一起，幻化成那起伏的山脉时，你的心眸则定会窥视到了这个民族那黑铁般的身躯，竟隐隐显现出了人类远古时代那最初的铮铮脊骨。而当你往脸上戴起一副盘王始祖的面具、与淳朴本色的瑶胞们狂舞于明月下时，灵魂定会被化作一缕圣洁的月华，飘荡到了这古老民族的命运之路上，久久地徘徊……

三

在一个叫九十九岭的偏远瑶寨，我看到了一群瑶胞们为修一条路而不屈不挠奋斗不已的感人场景。

这个村寨被大山阻隔于层峦叠嶂的皱褶里，为了修通这条长达七公里的山村公路，全村一百多人竟然每人集资了五千多元.可就在这路即将竣工的前夕，带头修路的那个村民组长却活活累倒在路上，献出了自己宝贵的生命！

路修通了，领头雁却倒下了。众人一路哀哭，抬着灵柩缓缓前行，大家要将可敬的英灵送到他们那最向往的天堂圣境里去！送葬者们那逶迤连绵的身影多像这个民族迁徙于那漫漫征途上的远影，而这条缠绕于高山陡岭间的天路，何曾又不是这个民族命运之路的真实呈现！

这位筑路英雄最后就埋葬在这九十九个岭最高陡的那座山巅上，也刚好埋在这条既通向山外，又通向那天堂圣境的天路旁。

大家自发地在墓前立了一方高大的石碑，碑上刻有这个瑶胞汉子的名字：聂帮文。碑耸立起来了，人们却久久不愿离去。在阵阵悲鸣声中，他们似乎谛听到了这个民族内心深处那古歌旋律永不屈服的音符！

我想，在这方永远屹立于人们心头的石碑上，一定还隐隐刻有这样两行字：瑶魂不朽，瑶路如歌！

心
史

******

心画和佛莲

　　心是红的，如火；墨是黑的，如炭。据说，那泛着微香的墨汁正是用松木经火烧成炭研磨调和而成，那么这貌似黑夜的墨色里蓄满了火的精核吧？难怪有古人说，书者，心画也。热衷于用墨汁的挥毫书写来描摹自我的心灵图景，正是古人最具超现实精神的人文独创。而莲花，一种最普通不过的民间植物，因为它水木清华，出淤泥而不染，被古人视作君子的象征，还让佛门拿来当作了最神圣的宗教符号，并制作成各种器具，如，莲花宝座、莲花台、莲花灯等等。的确，一个修行者立于佛前微闭双目，虔诚敬拜之时，那双手合十的形状又何曾不极似他那颗洗去了万般红尘的如莲之心？

　　因此，当我走进湘南一个寻常山村这个不起眼的神秘山洞，看到洞里岩壁上那些斑驳的彩绘佛画和书法墨宝，被那追魂摄魄的大美瞬间征服时，当即顿悟到，这一切的意象都只不过是人的内心世界的精神投射罢了。

细赏洞壁上的佛画和字迹，尽管经风雨剥蚀显得古旧斑驳，有的已模糊不可辨认，但那些佛像睿智慈悲的神态却风采依旧。其中在一尊佛的头顶，绘有一顶莲花帽，在四周那道道佛光的映衬下，恰似一朵绽放在晨光下的红莲，如同刚刚被人从水中摘来移到佛的头上一般。具有如此强烈的生命原力，依仗的却是绘画者那内心丰富激情的营养。这定是一位有着极高修养的民间高士，他的内心定是深如古井，沉积了太多的情思和痛楚。而岩壁上那些笔力深刻的墨迹，或飘逸，或古拙，或狂放，或怨愤，很容易让人想起了同样出生于湘南大地的那位擅长草书的怀素和尚。或许，正是他们都源自对心的深刻顿悟，才都将书法和佛法打通到了一个极高的境界。

当然，也不得不佩服这位神秘的古人，竟然选在这样一个偏僻的岩洞当成自己的修行之地，并将自己内心的秘密全都倾注于壁上那斑斑图案和笔笔墨痕，任其时光的掩埋和世人的不知。

难道，孤独也是一种内心的坚守？

落榜和妖花

这位神秘的洞主是谁？他有着怎样的人生传奇和命运浮沉？

这个莫高窟似的神秘岩洞所处的村落名叫弄复田，现归属于零陵区水口山镇马子江行政村。该村不过三四百人，大都属蒋氏族裔。当然，从村人们貌似荒诞不经的传闻和村中那卷发黄的《蒋氏家谱》记载里稍作梳理，这位古人最终还是如幽影般依稀呈现了出来。然而隐隐看到的，却只是他那副孤高清瘦的青衣背影，犹如大地上的夜行者在苦苦追寻着什么，游移飘荡在民间底层的每一个角落。

村人们称他为"旱烟相公""落榜状元"，家谱里他的名字叫蒋昌元。据说，这位昌元公出身大户，自幼聪慧好学，吟诗读书天资过人，因其在家排行最末，父母中年喜得贵子，自是宠爱至极，尤其母亲与其感情最为亲密。据说其成年后，经十年寒窗苦读，他有幸获得了去京城参加会试的机会，不料就在他进入考场那日，却接到了母亲病逝的家书，在伤心欲绝中他会试的结局自然是名落孙山。从此，这位昌元公的命运便走向了波折多舛的苦途。

昌元公一家曾经尤精旱烟种植，以此为产业，获利颇丰，名闻乡邻。然而就在他继续苦读为再度进京赶考做准备时，他家的旱烟产业却每况愈下，家道逐渐败落了下来。原因据说是被一种被称为"妖花"的鸦片烟所竞争击垮。按谱书里记载，昌元公，生清乾隆四十五年四月二十五日卯时，殁道光二十九年正月二十五日亥时，享年六十九岁，一生历经了乾隆、嘉庆和道光三代皇帝，正是清朝由盛转衰的一个历史转变期。特别是到了道光年间，鸦片被西方列强大举输入，神州大地到处是一片迷烟鬼火，吸食鸦片者愈众，几遍天下。古老的中华帝国已被这蛊惑灵魂的妖花毒祸得国将不国，面临着崩溃的边缘。

作为一个有着传统人文道德修养境界的古代读书人，修身齐家治国平天下，忠孝为本，仁慈为怀的理念早已融入了其精神血液中。也正因如此，内心所承受的折磨和苦闷也尤为疼痛。何况昌元公又还只是一介湘南山野的民夫，那种不伦不类的孔乙己似的入世现状，必定令他备受世态炎凉的摧折。

国破家衰，忠孝难全，令昌元公陷入了现实命运的无边苦海，不得不逼其思考起人生的真谛，以图寻找到解脱自我的真正精神家园。

苦难和天堂

宗教永远是对苦难者唯一的抚慰和召唤。昌元公注定要心向天堂，皈依佛门。只是他选择的方式并不是真正出家做和尚，而是遁隐到自家门前这个偏僻的岩洞里进行独自面壁修行。传说，他每天都长住在洞内，一日三餐全靠家人相送。洞里那蹲宽不过两米的石台正是他起卧打坐进行修行的处所。据说岩壁上的彩绘佛像和题字墨宝皆是他经年累月刻画而成。他把这个洞题名为"清净岩"，正表达了他内心归于清净无为的渴望和祈盼。而岩壁顶上那行超脱流逸的"超度众生，极乐世界"的墨宝，自然又将他内心对佛家最美好的向往完全透露了出来。岩壁上所有的彩绘佛像皆以朱红为主，犹似用凝固的血液涂抹而成，极其灼眼，心惊之余，不由令人想到，或许这正是昌元公那颗伤痕累累的心滴出了太多的血液之故。

世事轮回，两百年的流转，让天下换了多少面目。昌元公，这位民间的高士，底层的苦难者，精神的修行者，无名的画家和书法家，早已化为尘泥和大地永远交融为一体。可他那光怪陆离的人生遭遇和传说趣闻至今仍还被乡人用土语津津乐道着，他那精神莫高窟、灵魂的避难所也还存在着，那张鬼门似的洞口永远掩映在大地深处某个时光的背后，不为世人所知。

何必去打扰这位孤独者的内心坚守？想想苦难，难道不正是精神通往天堂唯一的方向？

云上的年轮

盐 话

******

　　盐，生命之"沙"，它总是以自己纯洁透明的形骸映照着宇宙之光，一如洒遍大地上的粒粒星火，荡涤着人们内心的幽暗。

　　盐和我们的关系如此密切，它就隐伏于我们身体的血汗和细胞里，成为生命获得能量的某种交换媒质。同时，它也将自己那澄澈的特性贯注进了生命，让我们获得了某种原初的纯粹品性。这种纯净的高贵品质既是精神性的，又是永恒性的。即使生命终结，唯存一堆骸骨，在最后显形为一种极致之白时，盐仍会在其中闪耀着某种震撼心魄的熠熠灵光。当然，盐最初被我们获得，却需要我们付出无比沉重的代价。无论是原始的围海晒盐，还是古老的大地深掘，这都需要人类付出巨大的苦役劳作。盐从浩瀚的海水里，从地层的卤水中凝结为晶莹的颗粒，如一种沉重的眼泪，积聚了生命的太多苦难。千百年来，在人类前行的艰途中，在那坎坷无比的历历足迹里，一定是遗留了太多的盐粒，像人性深处洒落的白雪，静静地消融于大地。曾记得老屋里祖父留下的一只盐篓，一种用荆条编织而成的粗糙筐篓，因时间久远，条条尘积的筋荆，如祖父当年被命运驮弯的佝偻之躯上凸显的血脉经络，泛出一种殷红的暗光。据说祖父当年去连州挑盐，一个来回就得花费整整一个多月的时间，其付出的艰辛令人难以想象。用手指揩一下盐篓的某个缝隙，便会沾上不少盐粒，不要嫌弃它沉于底层的脏污，伸出你如莲瓣似的舌尖舔一舔这些生命之"沙"吧，那种苦咸的滋味会瞬间传遍你神经系统的每一个角落，似一种无形的电流猛然间抽击着你高傲的灵魂，如同醍醐灌顶，会让你从中得到某种对生命本性的慧悟。

盐与生命这种苦难交融的特性也让它拥有了一种沉实的重量，使它永远隐伏于生活的细枝末节里，与草根为伍，踞藏在世俗的最低层。它多半是贮存于一只古老的黝黑陶罐中，被辛劳贤惠的母亲们小心翼翼地收藏于厨房的某个暗处，或是悬置于火塘边的某个高度，总会闪耀着对生活某种满足的微光，给每一个贫苦的家庭以美好的希冀与热望。或许因为源自大地和大海，它是那么慈悲可亲，那么心量广大，总是用自己那咸涩的生命原味为本真生活做着最恰当的诠释，抚慰着被生活碾轧着的每一个皱巴巴的日子。人类家园里所有的风雨和不幸，呻吟和苦痛，汗水和眼泪，都因有了盐的和平消融，总会被调和成缕缕和煦的阳光，成为一道永驻于人们梦中的灿烂彩虹，以无量的仁慈福佑着人间烟火中的芸芸众生。

盐又是谦卑的，沉默的，无论人们将它置于何种境遇，或释融于冰冷的水中让它无形无迹，或让它投入某种金属的炙热熔火里让它迸发出炫目的灵焰，它总还是它，本色永持，坚忍着自己内心的痛楚，从不怨天尤人。在湘南大地上的某一栋百年老宅中，在一间幽暗的宽阔卧房里，房中的地板据说就是由一种掺和了盐粒的三合膏土所铺成。据说这正是当年这个大户人家主人的寝室。这大户人家据说属陈氏家族，村落家谱里记载了这位陈氏主人显赫而又极具传奇的一生："……积财万贯，娶妻妾六室，夭四子，更夜常闻内室鬼呓，致其疯癫数载，末投井而亡，家道便一蹶不振……"踱步于这静静的古旧深宅中，在叹息一个诞生于大地的显赫家族离奇败落之时，心里便如同有盐粒在咯吱作响，似闻秘语。这些埋藏于泥土里的盐粒一定是知道这位陈氏主人所有的秘密，如他和妻妾们的欢爱浪语，他的深沉痛苦的哀叹，还有他那发自于抑郁内心的长长悲恸……当然还知道一个家族里所有的命理气数和玄机。可这些盐粒至今仍沉默是金，从不开口示人。

翻开史页，字里行间常常洒满了盐粒的碎屑，弥漫着盐的咸雨腥风。据说，远在中国商代，官方便对盐进行了专卖，肮脏的权力从此便将盐紧紧地绞合在了一起。的确，盐粒作为支撑人类生命存在的基本元素，不得不又必须承担起要公平正义地去维持人类群体命运的神圣职责而倚仗于权力的威严。这是不是就暗示着盐粒自由纯洁的精神已被人性之恶所玷污？据说在宋代，封建官僚为了剿杀深居于岭南大瑶山的瑶胞，就采取了严禁盐巴流通到瑶族聚居区的野蛮政策。这种非人道的行政手段致使一个抗争不已的弱小民族几近在死亡线上挣扎。当沉重的时光之轮将历史的暗夜远远地遗留于往昔，在茫茫的千里瑶山，盐粒也因此拥有了某种非凡的人性价值和人道精神。据说在瑶家人最隆重神圣的一种被称为"奏铛"的宗教性仪式中，在举行之前，主持者即被叫作会首的人，会向所邀请的瑶家巫师送去一种被唤为"盐信"的重要信物。这是一种用瑶山里特有的粑粑叶子包上几许盐粒和茶叶，折成长方形状，用红或青丝线、黄秆（干的禾草）绕三圈扎好，相当于请柬，表示着瑶家人一种极为隆重的邀请礼节。盐信在送交给所请巫师时，必须还要将其供放在盘王的神龛上，以示虔诚。我们无法考证出这盐信的礼俗最初始于何时，但我们却感受到了瑶家人对盐粒源于自身生命关系的深刻领悟和珍视。就这样，盐粒又介入到了一个苦难民族的内心，升华为一种精神符号，从沸腾着热血的现实世界抵达到一种生命的终极境界，成为永恒的美。

云上的年轮

说月

******

　　就像你诞生于虚无的宇宙，请原谅，月亮，我也只能在虚无的网络里用键盘敲击出你这个古老的"月"字来，仓颉造字，皆有前生，此字本是一幅刻在古老岩石上的笨拙图画，或是一枚画入古陶的火记"胎印"，圆圆的，深深的，极似远祖那幽邃的眼睛。

　　"月"字，也是内心的一幅印象画，储存了我太多的时光碎片和母地记忆——比如，奶奶在月光下细述着关于嫦娥和吴刚的传说故事时的专注神情，或是在月夜里和伙伴们在河滩里玩闹不休忘记了回家，母亲那一声接一声的亲昵呼唤声，还有看见月亮落入菜园里那只大水缸里独自发呆的痴傻神情……这些历历在目的场景总是夹杂着奶奶那被月光漂洗了的银发碎屑、害怕母亲责骂的突突心跳和梦境里花蝴蝶的影子，在时光帷幕的远处若隐若现，常常令我陷入乡愁的滚滚旋涡而无法自拔。

　　人们爱用"月亮"这个充满了真情爱意的语词，直截了当地道出了她于黑夜发出水一般柔和之光的特征。上帝曾说，"要有光"，于是世界便开始诞生，如没有月亮，黑夜定会更黑，梦也会暗淡无色，难以美丽地绽放于心头。诞生了"月亮"这个语词，人们便如掌握了一道神奇的魔咒般，黑夜之黑开始变得透明若虚，去蔽的万物也都开始沾满了灵性。月亮从此被人们召回大地，安托进内心，成了人间的一位神。

　　每个人的心头一定都有着各自独有的月亮的形象。譬如，在李白的心头，月亮一定是孤高的，如一汪天上流来的净水，融进了一杯浇愁的酒中，让他的每一首诗都沾满了清澄的灵气，扫尽俗尘，仙风自生。在瞎子阿炳的心间，月亮一定是忧伤的，如遗落于无锡古巷里的半面破镜，被他拾起，经惠山的二泉水轻轻抚洗，铅华洗尽，终于洗出了一首旷世绝音，用他手中那把破胡琴苦吟了整整一生。在寻常百姓人家的心里，月亮则是一枚最权威的印章，带着对故乡的相思之情，伴随着人们走遍千山和万水。只是，当人们沉入梦乡时，她总会以一支民间小曲的形式略带感伤地缭绕在你耳畔：

　　月儿弯弯照九州，
　　几家欢乐几家愁；
　　几家高楼饮美酒，
　　几家流落在街头？

　　在我的心中，月亮却总是和大地上的许多事物联系在一起，散发出一种高洁之美。清晨，她会映耀在故乡一棵细草的露珠里，和辛劳的老牛一同迎接黎明。傍晚，她又会闪烁在晚归的那柄镰刀的锋芒上，或是晃荡在爷爷肩上那把锄头的锄刃里，盛满了乡间泥土的气息。深夜，她便如同一位羞涩的山姑，脱了衣裳，露了自己的玉肌雪肤，悄悄跳进吊楼下的清溪里沐浴，伴着流水，一边戏水，一边欢唱，吸引我总想从梦里去窥个究竟，不料，一河涌动的碎银，从此便永远流进了童年的心湖。

　　月亮和月球，正类似人和身体一般的关系，既两位一体，又互相分离。好比"身体"仅是一个医学术语般，"人"才是一位蕴含了灵魂的高贵者，"月球"也仅是一个天文学的术语，被淹没在冷僻晦涩的科学专著里，"月亮"一词才是真正超越了自身——随着她阴晴圆缺的不息运转，潮涨潮落，便分辨出了时光刻度上的年月日，划出了丰富多彩的春夏秋冬，操纵着事物的生死兴衰，成了时间的化身。人们于是又在"月"字前面缀上一个"岁"字，称其为神圣的"岁月"。

月亮，你何止是人们所长久深情凝视的那轮高挂天上的圣洁之光，又何止是人们内心深处那个被赋予了无穷意蕴的心像符号？在虚缈无边的宇宙时空里，你还是照亮长夜的一盏永恒明灯，更是上苍注视人世的一道慈悲目光。

河石

******

一

一条河，奔流了千万年，像一把日光熔铸成的刀子，深深劈入大山的身躯，划开我的心，流入了我的血脉……

正因为奔流了千万年，如铁血一样的水便越流越少，越流越清，直至流进时光的背后，只剩下了这一河原始的石头。

二

当我好不容易跌跌撞撞地从崎岖的路上爬到这些石头上时，那一刻，我的双足真的就像踩进了一团团软绵绵的云堆里，战战兢兢，蹒跚着像在与自己灵魂的影子跳舞。

我的脚尖每踏一下，就像踏住了一个闪烁的音符。不过，这些动听的乐音很快又与藏在石下的流水声交融成一片，化成一曲太古之音，永远地传入到了空空的地心深处。

我仰身躺在一方大如屋檐的巨石上，软软的，柔柔的，就像躺在一片坚硬的虚无里。这虚无来自一种飞舞与坠落。

坠落、坠落。旋转、旋转。从宇宙的虚无中诞生出来，这是必然的经历。就像灵魂需要肉体的受难，人生需要生活的折磨一般。

当然，成为一块灵魂的石头，还有一个漫长的从炽热的岩浆到凝固成石的痛楚过程。岩浆从地壳那最黑暗的心灵深处缓缓涌出，就像地球母体流出的滚烫之血，将曾经最初汇聚的光和热全变成了毒蛇般的地火之焰，所流之处，焚毁一切，在一片余烬里才换来最终的冷却。

灵魂便在这冷却中慢慢凝固成形，进入了这些亘古之梦的内里，并成功地逃避了时间地追捕，在石头的禁锢中寻找到了永恒。

三

太一生水。太一是宇宙的原始之气，是这股原始之气才生出了宇宙中那最神奇的水。有了水，便有了美丽的生命，有了鲜活的血液，还有了那心灵深处汩汩的眼泪。有了水，也才有了这条河。

当我精神的影子游移在这一河石头上时，久久地，我想到了两千多年前，有一位叫孔子的书呆子傻乎乎地站在奔腾的河岸上感叹道："逝者如斯乎，不舍昼夜！"他看到了河水流过他眼前之时，时光之影也投射进了他那颗博大的心灵，让他感受到了无法抓住那虚无之光的焦虑和忧伤。那时，他一定没想到，河水流过后，时光逝过后，还有这么一河亘古如梦的石头留了下来。

真是要感谢千万年来这水的流逝，是它们将这些凝固的内心岩浆抚慰了无数遍，漂洗了无数遍，是它们将时光一同流去，守护了宇宙之心的秘密，才换来这时光的永恒。

也是这些水，如今又悄悄地隐入这一河石头的脚下，用自己日复一日的低吟浅唱，轻轻地将这些亘古之梦一一唤醒。

四

凝固的魂影从石头里复活，如同生命从时光的涅槃里获得重生，我便看到了那第一缕日光的金丝勒进了我坚如磐石的心灵。

复活的魂影深深地感受到了她那不可承受的重负，遥想最初飘浮在宇宙深处是那样的轻，那样的虚，现在竟然堕落得如此之沉，如此之实。既然是灵魂，就注定渴望飞升。

是限定在这石头般的存在之中？抑或宁愿再一次投入虚无的怀抱？复活的魂影在无数次的追问之中感受到了深深的痛苦，痛苦使他又被思想的锋芒割伤。

当我学着这些石头也陷入同样的追问之时，一种凌迟般的疼痛便直刺我的内心，那一刻，我恍若自己也即将要化成一块石头，甚至还听到了有一把刻刀在我心头嚓嚓地响起。

思想让我不堪重负，我只好坐下来，坐下来，我的肉身便化成了一具石头，正如那位不朽的思想者。

五

我坐在那一方华盖似的石头上，用心贴着这些亘古之梦，谛听到了这些魂影们的呓语——

我们绝不愿去做那辉煌金字塔或是古老城墙的一方基石，高贵的精神，永远不能低下自己高昂的头颅！

我们也绝不愿去做人死后那虚伪的墓碑，或是被雕刻成巨人的形象，供人们长久的顶礼膜拜，无限敬仰，因为我们是复活的魂影，一河凝固的、复活的灵魂。

火
纸

******

　　在网络时代的今天，通过电脑键盘的码字来展示描绘一座湘南大地的寻常山村，未免有些矫情和浅薄。世界是物质的，生活也是现实的，天地悠悠，万物纷争，山村再小，也总是人们生存的一处居所。一些死去的、离去的、归来的、活着的人的人生构成了它厚重的历史维度，成了所谓的"故乡"，被珍藏进他们内心最隐秘最柔和的角落，这也正是人性的一种永恒向度。如此看来，无论花多大的心力和情思来抒写这座山村又是非常值得的。毕竟，无论网络世界如何虚拟无限，无论全球化的潮流如何荡涤着世界的沟壑和高地，故乡却永远不可能被抹去，因为它不仅是我们现实的一处大地上的生命原址，最重要的，它也是我们血缘之河的一颗脉痣，还是人类精神层面那座形而上的灵魂家园。

　　这座山村的名字就叫"腊巫山"。既有几分古旧，又有几分神秘，虽是一座山的名字，但又不知道是这座山村四周的哪座山。或许是曾经的一座山，只是历经岁月的长久洗礼和人们的不息劳作，早已被抚平成大地，唯留下了这个名字而已。它照样是和其他诸多的湘南山村一样，藏伏在大山深处，极似那陶渊明笔下的桃花源，只是不见那条连往秦时的渔人溪，只有一条曲折隐蔽的能硌破脚板的石头路，蜿蜒匍匐于大地山岭之中，如今因少有人行，早又被杂草荆棘所掩埋了。

当然，这山村的风光又是绝佳的，四周的山峦，葱茏的树木，古老的土屋瓦房，虬枝遮天的散木老树，立于屋檐下引颈高歌的红冠大雄鸡，小憩于墙角的老狗，蹒跚漫步于山道间的白发长者，还有那方镶嵌于村落中央、空灵如镜的圆潭，将天上神马般的浮云皆收入怀中……此刻，这所有的事物，所有的元素都成了一种人们的内心符号，深蕴着太多的玄意，令人总是做着美的无尽遐想。这份朴素而又深刻的美，当然不只是来源于现代人对农耕时代的某种缅怀和追忆，倘若对这些美的符号元素做进一步的解读和阐释，在它们的背面，应该还深藏着小农经济模式下人们"锄禾日当午，汗滴禾下土"的无尽艰辛，以及被沉重生活所折磨碾压下躯体不堪重负的喘息和呻吟。这方小小的大地，无疑浸透了人们太多的鲜血和眼泪。难以令人忘记的是，从实在的事物，到成为精神层面某种文化元素的精神符号，其蜕变过程正是一个古老家族无数代人的生活沉淀和苦难累积！

世界是虚无的，恍若一张白纸，只有人才拥有一双灵巧智慧的手，才能用辛勤的劳动去描写展示世界的精彩和美丽，从而让虚无的世界拥有了实在的依存和价值。这个名叫"腊巫山"的湘南山村，就是在一个蒋氏家族的无数辈人的辛劳生活里不断得到"雕塑"和"描摹"。他们一代代的耕耘劳作，让这方小小大地上的每一件事物获得了意义，赋予了灵性，成了某种情感的载体和精神的符号。他们从诞生、到活着、到死去，永远和这块大地相牵相依，肉躯湮灭复归于泥土，骨骸化作了灵魂的石头，血水漫溢进大地深处，育活了每一缕根须。海德格尔说得好："人们诗意地栖居于大地上！"其实，诗意的栖居从来都是需要人们去用无尽的劳作来换得！这或许也正表达了某种人性深处的辩证法吧，就像爱情再浪漫美好，最终还是需要生活的烦琐和养儿育女的世俗之累来作代价。

或许是一种巧合和命定，这个湘南山村竟然是以他独有的一种世袭手艺而养活着这些蒋氏族人的，这便是中国最古老又最伟大的造纸术。村人们从山上砍来青竹，通过繁重的劳动和复杂的工艺流程，依仗于简陋的祖传工具，就能制造出一张张的麻黄火纸。他们将这火纸剪成小块小块的矩形纸片，一沓沓压在木凳上，再用一种叫钱凿的工具在上面打上许多个铜钱状的印痕，便成了所谓的"纸钱"，用来祭祀先人，专门焚烧给亡灵。村人们晚上奋力叮叮当当地凿着纸钱，白天便汗流浃背地挑着它们经过那弯弯的石板路，卖给千家万户，换回真铜钱，获得吃食等物用来养家谋生。

纸在这个底层的民间不是用来写字著文，或是表达人们内心的符号和图画的，与所谓的"文化"貌似没有任何关系，但却又成了人性层面某种精神仪式的象征物。活着与死去的生命终极命题，在底层、在民间仍然以一种所谓的"迷信"方式长久保存着。火纸，功不可没。或许，这才是一种文化的文化，一种哲学的哲学吧。

纸，就这样以如此原生态、如此纯粹的另一种功能融进了这个湘南的偏僻山村，融进了这个最底层家族的世俗生活中，也唤起了人们对生命与灵魂最深刻的人性拷问。

一座遗存于纸上的山村，一个古老而又寻常的蒋氏家族，活着的人和死去的亡灵，凭的便是这样一张青竹化成的、薄薄的火纸……

母亲的心
做了护我身子的襁褓

云上的年轮

苦
心

******

　　母亲是悄悄走出家门的。她是回老家种地去了？在那个寒风呜咽的清晨，她能种下的，除了她那颗苦难而又仁慈的心，还能有什么？

　　母亲活了七十四个年头，大半辈子是在老家种田种地。母亲年轻时也是一个好看又漂亮的姑娘，像那张黑白照片一样本色纯真，散发出一种静美的秀气。但母亲的命却并不好，自嫁给在外干革命的父亲后，就独自承担起了全家所有的农活。长年累月的繁重劳作，一点点肢解着母亲的秀丽容颜。很快，她就被岁月的风刀霜剑刻蚀成天下许多苦难母亲一样：颧骨高耸面如核桃，发如茅草重霜满头。

　　老家是个出门是山、进门也是山的偏僻山村，家里种的田地，最远的有十五里山路。这可是上山八里、下山七里的坎坷山道，窄得仅有两个巴掌那么宽。母亲常年背着犁耙农具、挑着柴火箩筐行走在这条陡险的路上，天天都是"两头黑"，不知道跌倒了多少回。有一次，母亲用一只背篓背着我滚下了山，她顾不得自己身上出了血，只管死死地抱着哇哇大哭的我，责备自己说，我如有个三长两短了，她将怎么活？后来我想，我为什么没受一点伤？一定是母亲的心做了护我身子的褓褓！

　　母亲常对儿女们说的一句话就是：宁愿人负我，不能我负人。她没读多少书，但她常骂曹操是个天下心肠最不好的人，因为曹操说了"宁愿我负天下人，天下人则不能负我"的话。

记得每到春忙插田，母亲总是先帮别人插，然后再请大家给自己插，每年我家总是全村最后插完的一户。有些人狡猾，到我家来插田会敷衍了事，母亲却从不责怪他们，宁愿自己去田里补苗。母亲那佝偻在田畴里的身影，如同一个褴褛的稻草人，飘摇在凄风苦雨中，是那样的弱不禁风。

每逢初一十五，母亲必戒荤吃素，烧香化纸。

幼时，顽皮的我用竹竿捣毁一个燕子窝，致使几只雏燕跌下来摔死了。母亲看到后，一边念着"阿弥陀佛"，一边训斥我，气得连饭都没吃。过后她说，燕子也是一条命，这是真正的造孽呢。现在想来，母亲敬佛信命，当然是有些迷信了，可她这颗承受了太多苦难的心，如果不虔诚地将佛安托进自己的心灵，又如何能支撑起一个家的寒檐破瓦，给儿女们遮风避雨呢？

父亲长年在外，母亲自然还承受着另一种比劳作更痛苦、比病痛更伤人的精神折磨。——这份隐忍在母亲灵魂深处的痛楚，就像毒火般燎炙着她，以致让她原本纯净如水的双眸藏满焰红的忧郁。在那漫长的寒夜里，我总会从厚重的黑暗中看见母亲眼里渐渐冷却的光芒。

母亲把人生唯一的希望给了我这个不孝之子，可我还没有孕育到她腹内时，就开始给她带来无尽的折磨和苦难。因为生了三个女儿，母亲便承受了太多世俗的白眼、恶语和歧视，备受欺凌的母亲就这样忧郁成疾，三十多岁便患上了严重的心脏病。可母亲偏又心比天高，不要命地怀上了我。十月怀胎，她身体浮肿，连上厕所都没有力气。而生我时，又难产三天三夜，造成了大出血和心脏病突发。听奶奶说，我的胞衣是用手从母亲的产道里拽出来的，当接生婆去河边洗她的血手时，竟然还把一个年轻的女人吓晕在地！

过度的劳累，促使母亲患上非常严重的风湿病。可她总是强忍着锥心之痛，照样忙碌不休，砍柴割禾，犁田翻地。

那一年，我患了结石病，母亲从百里外的老家赶到我身边，坐在我的床前，给我反复按摩疼痛的腹部，累得气喘吁吁满身是汗，还掏出自己积攒了多年的几百元钱给我买奶粉。半夜里，她起床好多次，问寒问暖，摩挲着我的手，心疼得泪落如雨，直到我病愈，她才露出难得的笑容。可直到母亲去世前最后一次住院时，我才仅给她洗了一回脚。当我捧起母亲那双瘦得已是皮包骨头的双足放进热水里时，眼泪立刻涌了出来，母亲却执意说她还能自己洗，叫我别弄脏了手！

小时我爱逃学，母亲好话说尽我不听，可她又无法忍心打我这个命根子，只好独自痛苦万分。终于在那个电闪雷鸣的大雨天，伤心至极的母亲又气又急，不知所措，两腿一屈，当着众人的面跪在了我的身边！我不记得我和母亲在风雨里僵持了多久，只记得母亲最后跌倒在地，在闪电里定格成一个泥人，永远地嵌进了我的心坎……

母亲给予我的太多太多，可我给予母亲的，则全是无知、埋怨、顶撞和漠然。天下还有什么比母亲的心更苦的呢？倘说母亲的心是天下最无价的一块金子，我便是熔铸这块金子的烈火；倘说母亲的心是天下最宝贵的一颗珍珠，我便是这颗珍珠内核里那最尖锐的沙粒。

辛苦一生的母亲，就像一位大地上的陶土艺人，用一生的眼泪和心血，将自己的内心调和揉搓成一种柔韧、本色的膏泥，又用自己粗糙而又柔美的手指将自己不绝的生命重塑成一尊坚实而又柔软的陶坯，然后放置到受难的精神窑炉里，用生命的烈焰进行烧制。我坚信，当母亲的生命微焰熄灭之际，也定是她这颗圣善之心完美出炉的时刻！

贱 爷

******

贱爷是我的一位族人，今年六十九岁。他书名魏世贱，论辈分，我该属孙辈了。所以我应称他为贱爷。

贱爷命苦。他出生于民国十五年旧历十一月十九日，恰逢乱世，家境又甚贫寒。做长工的父亲可能是为了讨个"贱儿好养"的缘故吧，摸摸脑壳，就给他取了这么一个"贱"名字。听贱爷说，他八岁就给地主当放牛娃，十二岁又早早地戴了重孝：父亲撒下妻儿，独个儿上山了。

孤儿寡母凄然，唯靠帮人舂米、打短工苦度时日。苦日子难熬，一直熬到天下太平，穷人翻身，才算是熬到了头。

穷人翻身做主人，贱人也当了"官"。他先是做村代表，继而又当上了小乡主席，而又入了党，当了个村支部书记。很快，他又娶了亲，讨了一个老婆，总算是"时来运转"了。

听贱爷说，他一生中最为得意的事，并不是做小头小官，而是苦持家业。他生有两男两女。妻子死得太早，四个子女的婚姻大事无一不是他一个人操的心。另外，他还修建了两幢房屋。两个儿子也都体体面面地读完了高中。在这贫苦的大山区，一家能送得起两个高中生的，在那个年代，已经非常地不容易了，不知其背后吃尽了多少苦头。贱爷也真是操碎了心。如今，大儿子总算成了公家人，做了村里的一名公办教师。小儿子也因有了文化，南下打工，如鱼得水，日子过得一片红火。

贱爷苦命一生，也辛苦一生。五十七岁那年，本该歇下来，轻轻松松抱孙子，尽享天伦之乐了。可不幸的是，那年他又被一棵大松树撞断了一只腿，成了伤残。可也好，贱爷从此就再也不能下地干活了。于是，只好静下心来安享晚年。

看贱爷的相貌，活生生一幅画家罗中立的"父亲"。有着农民的典型特征：勤劳，善良，岁月苦难的痕迹藏在其中。听贱爷说话，你会发现他总有说不完的民间传说，有唱不完的山歌土调。他没有念一句书，不晓得"艺术"为何物，可他的每一个传说，每一支山歌都极其生动，好听，胜过任何一件经过雕琢与包装的艺术品。

如今，贱爷活得轻闲而又自在，儿孙满堂，家业兴旺。他越活越觉得日子是一天比一天的称心了。所以，他就每天人里走动，逢人便说自己没白"贱活"一生呢。

虫线

******

　　蚯蚓，一种潜行于泥土深处的柔弱生灵，在母地的土语里，唤作"虫线"。外乡人听了，虽说有些陌生，瑶家人却说得顺溜又自然。再掺上五岭山地独有的腔调，话语里好似真的有一条长虫在蠕动，在晃悠。

　　细瘦的盘根，长得像条虫线，活得也像条虫线。他人一个，卵一条，是个艰难拱行于生活皱褶深处的老光棍，遮蔽在每一个贫穷的荒寒日子里。幸好他还是一个鸭佬倌，身边有百十只鸭子陪伴。嘎嘎嘎嘎，嘎嘎嘎嘎，此起彼伏的鸭叫声从早到晚，他的孤独得到了最大程度的慰藉与消释。瑶寨里常会听到他召唤鸭群的快活声音，唻啰唻啰，唻啰唻啰，唱歌一样。

　　为让鸭子长得肥壮，盘根每天都会肩扛锄头，腰系葫芦，刨挖虫线做鸭食。盘根对虫线的生存情况了如指掌，谁家墙根菜地的虫线多，谁家茅坑旮旯的虫线少，谁家草垛下的虫线被他刨挖了多少次，谁家屋前檐后的虫线还没重新繁衍长大，都烂熟于心，就像他知道寨子里哪个女人的男人去何处打工、去了多久、何时才回来一样。盘根刨挖虫线时尤喜赤膊上阵，挥舞起挂耙，一上一下的动作，极有力弧之美。每一耙都能翻出大坨新鲜的黝黑泥土，耙背一拍，就蹦跳几条鲜红的虫线来。他眼疾手快，速速用筷子夹了，丢进腰间那只硕大的葫芦。

"人生在世，上为嘴巴，下为屁巴。"瑶家人说话就是这样直来直去。大家都知道盘根这个老光棍，上无天管，下无地收，鸭子养得再肥大，价钱卖得再好，腰包也不会鼓起来——他卖鸭子挣来的那几个米米，都拿去喂养他下面的"巴"了。

盘根天生这方面欲望特别强，据说有人窥视过他的阳物，长长的，像一条粗大的虫线。盘根勾引女人的招数，自有独门妙计：每每，他掏出腰间葫芦里的虫线，有意无意拿给寨子某个女人的小儿玩。穿开裆裤的小儿，坐在地上玩着玩着，手上自会沾满虫线身上的黏液。偶然间，小鸡鸡一阵瘙痒，脏脏的小手一抓挠，小鸡鸡立即会肿胀，疼痛难当，这是一种名叫"蚯蚓风"的吓人急病。盘根深谙此道，并有所谓的治疗秘方，寨子远近早有名声。此时，急坏了的女人带上孩子，赶紧来求助盘根，请他医治。盘根自是爽快，于避人处，捉几只鸭子，拿小碗采集鸭子唾沫。在小儿鸡鸡的痛肿处，持一根鸭毛几番涂抹，三两天，肿胀消退，恢复如初。女人见盘根药到病除，自是感激不已。一来二去，日久生情。或迟或早，便成了他的口中菜，床上宾。

近些年来，寨子的汉子们为了生计，大都外出打工，难得回来，唯剩"619938部队"在家驻守。这给"老鸭公"盘根提供了更多机会与方便，这个独门妙计竟屡试不爽，让他快活得赛过神仙。

时光如一条无形的虫线，无论怎么快活，也会有个尽头。那年秋后，盘根这个老光棍终究还是突发脑出血，死了。

传闻盘根死后的模样很难看：腰间那只葫芦跌碎于地，虫线密密麻麻，蠕动在他僵硬的身子上。

莲
生

******

　　月亮水是一湾亩把宽的小荷塘，状如心形，清似古镜。

　　塘畔，住了个瑶家小媳妇，就是我母亲。人们都说我母亲长得乖，美得就像月亮水的一朵红莲花，可命却苦过黄连。母亲十六岁嫁给一位盐客，没过一年，丈夫在挑盐途中竟暴病身亡。丢下母亲一人，靠佃租山主这湾荷塘种藕为生。

　　当年，瑶山闹红军。湘江战役中，负责后卫任务的红三十四师师长陈树湘英勇就义，余部极少数红军藏匿于岭南瑶山。还乡团便常进山清剿，四处设岗搜捕，鸣枪放炮，搞得人心惶惶。在月亮水对面高岭上，还乡团和红军还打了一仗，死了不少人。吓得母亲心口扑扑跳，白天黑夜都不敢出家门。

　　一天，一位衣着褴褛、发乱如草的男子，穿双破草鞋，拄着竹棍，一路踉跄，跌跌撞撞地来到了月亮水。他站在母亲门口，一边轻轻敲门，一边操着难懂的外地口音，隔着门板说："老乡，老乡，请你开开门，我不是坏人，和你一样是受苦人，请给我一点吃的吧，我实在是太饿了！"虽是大白天，母亲躲在房里大气也不敢出，哪还敢开门。许久，母亲见外面没了声响，才悄悄从门缝往外瞧。只见此人浑身淤泥，竟捡着地上几根烂藕在大口啃食。顿时，善良的母亲心上似被什么蜇了一下，这一定也是个受苦人。一种怜悯之情，让母亲顾不得寡妇门前是非多的古训，赶紧打开了家门。

后来，才知道这是一个红军，身负重伤。母亲便冒着杀头的危险，将他藏在家中地窖里。母亲从山上采来草药，为他煎药养伤，还从塘中挖来藕根炖汤，为他补益身子。还乡团来家中搜查，母亲则让他头顶莲叶，躲进塘心。还乡团不敢下塘细察，只是胡乱放几枪作罢。这才得以被母亲机智地应对过去，化险为夷。

伤势治愈后，他数度尝试去找队伍。可是，一个外地人想走出这茫茫大瑶山，何其之难。寻了几回，差点暴露身份，丢了性命。只好重新返回月亮水。

他在母亲家安心住下后，每天为母亲打柴，放牛，种地，挖藕，样样活儿都抢着干。每逢月圆之时，母亲还会邀来许多瑶家姐妹，一起唱歌子，坐歌堂。红军崽还教大家学文识字，学唱红歌子，告诉她们，红军是为穷人闹翻身、打天下的队伍。瑶家人则教红军崽学说瑶话，唱瑶歌，学跳瑶族长鼓舞。

在无数个月光如水的深夜里，他和母亲常会双双坐在月亮水塘畔，对着满塘红莲，唱起一首首动听而又深情的红歌子："金莲子，开红花；一开开在穷人家，穷人家，要翻身，世道才像话。"母亲接应道："莲蓬开花满塘香，金口一开歌声扬；自从来了红军崽，穷人也能盼天光。"

红歌子，悄悄叩开了两颗受尽苦难的心房，成了他和母亲的红娘。

那年，月亮水的莲花开得最红最艳，莲叶田田，花红灼灼，碧盘滚珠，芰荷飘香。他和母亲，终于双双牵手走进洞房，结为了百年之好。

他就是我父亲。那年，在月亮水的莲花丛中，母亲生下了我，我的名字便叫"莲生"。

从小，我就知道父亲是一位红军崽，是我最崇敬的人。二十岁那年，

云上的年轮

父亲亲自给我报名参了军。就在离开家的头天晚上，滴酒不沾的父亲竟然端起酒杯，和我一连干了三大杯瑶家瓜箪酒。反复叮嘱我，到部队一定要好好干，万不能给我这个红军崽丢了脸。

在部队，我表现勇敢，积极上进，很快便入了党，还多次立功受奖。父母开心不已，给我的来信，竟是一首他们唱了几十年的红歌子。为解思乡之情，他们还年年给我邮来月亮水的莲米和藕根。转业了，我主动放弃到地方工作，选择继续回到瑶山务农，与月亮水的朵朵红莲为伴。

如今，儿女们都已长大成人，像只只阳雀鸟全飞出了瑶山。老伴早走了，只留下我一人。老啦，可我心里永远也放不下月亮水这满塘的红莲花。

舅舅

******

"坎坷人生路/江湖大浪淘/回眸堪自慰/来去赤条条。"这是我舅舅黄森临终前的一首《自悼诗》，也是他的墓志铭，如今就刻在他的墓碑上。碑上那每个字的笔画都刻勒得筋凸钩露，锋藏力现，一如舅舅那瘦削的铮铮铁骨。

在儿时的记忆里，舅舅是外婆在我耳边唠唠叨叨的一个美好传说。听外婆说，舅舅长得高大而又英俊，就像门前的那棵冲天树，劲直而又挺拔。舅舅十五岁就离家参加了革命，去了很远的一个地方当干部。在那个年代，革命、干部，实在是崇高而又神圣的词语，令我自豪而又神往。可惜，儿时的我却从来都没见过舅舅一面，有时不禁问外婆："舅舅怎么很少回家啊？"外婆每听到我这样问，神色便会变得忧郁起来，有时眼睛也会发红。后来我才知道，那时舅舅其实已被免去了原衡阳团地委书记的职务，打成了"漏网"右派，坐了三年牢，弄得个妻离子散，正被发配到江永铜山岭农场。

在我真正见到舅舅时，他给我的印象却令我大失所望。这已是他到零陵地委任职副书记的时候了，是一个酷热难耐的夏天，我去舅舅家过暑假。这时我才看见他身材虽是高大，却特别的瘦。晚上在家里他只穿了一条大裤衩，赤条条的身子肋条摆摆，形销骨立，灯光将他的身影投在墙上，一晃一晃的，活像一杆揽风担月的墨竹。他又是那么严肃，似乎总是在思考着一些什么重大问题，五十多岁头发就白了大半，可是他与别人谈话时，表情却很和蔼。到了暑假快结束时，就在我即将回家的头天晚上，舅娘悄悄告诉我，舅舅明天也出差到老家道县，叫我一早跟了他去搭坐他的小车，也好节省点车费钱。到了第二天早上，我在舅娘的暗示下紧跟着舅舅出了门，可万没想到的是，到了他的小车旁，尽管车里只有他和司机两个人，可他却硬是不准我搭他的车，只硬硬地说了一句"你不能坐这车！"便"砰"的一声关了车门，将车一溜烟从我身边开走了。那一刻我恨他恨得要命，原来舅舅竟是这么一个不近人情的人！年少冲动的我在顶着烈日独步去车站的路上，发了无数遍"再也不要认这个当了官的舅舅"的誓言。

当我终于长大成人后，舅舅也从官位上退了下来，成了一个普普通通的老人。奇怪，老了，他却像换了一个人似的，对家里人特别地亲热起来。我每每去看望他时，他总是谈笑风生，性格也变得极其随和，真的就像个童心未泯的老顽童。他还迷上了写诗填词，写的又是那么好，真的就像从他灵魂里流出来的东西一般。

然而，舅舅退休后的好日子并没享受多久，肝癌这个可恶的病魔竟然缠上了他！可谁能想到呢？他竟然与病魔抗争了整整八个年头，创造了真正的医学奇迹！八年来，他总是对生活怀着百倍的信心，对生死看得那么淡泊。我永远都记得，就在舅舅即将去世前的一个晚上，我去医院探望他，此时的他，瘦得完全只剩了一副瘦削的骨架，可他竟硬是挣扎着坐起来，对我说了一番话，他说："这辈子最令我无愧的，就是我永远也没有忘记、更没有背叛我曾经在党旗下的誓言，人不能言而无信，人更不能没有信仰，就是这份对党的信仰，才得以支撑我沉冤二十年而没有丧失生活下去的勇气，也才得以支撑我与我坎坷的人生抗争到了今天。我知道我的日子不多了，可我也没有什么遗憾了……"

每每记起舅舅去世前的这番话，我就禁不住想哭。也许今天再来提及"信仰"二字，未免让人觉得有些好笑，可从舅舅的嘴里说出这两个字，却又是那么的实在和虔诚，没有一丝矫情和做作。

云上的年轮

忘年

******

　　一个六十八岁的老人，做过四十多年的农民，书只念了旧时没毕业的完小，当了五年工程兵，快五十岁了才正式成为一名普通的水电工人。人海茫茫，普通而又平凡的他，充其量也不过就是一颗恒河的沙粒罢了。可是，就是这样一位寻常老头，自四十岁起，竟然用自己那双沾满泥巴、长满老茧的手，笨拙地握起笔，默默地写起文章来，而且一发不可收，一直坚持到现在。我们先不论他的文章有多高的水准和价值，就凭他数十年如一日、以写作为自己人生寄托的可贵精神，就实在是令人肃然起敬了。——在这个物欲横流的浮躁时代，有多少人还愿意去用真诚写作、用黑白文字来磨淬自己的心镜，以使自己这颗恒河沙粒也能闪烁出那永恒的精神之光来呢？

　　这位老人，便是我的干爸蒋汉升。

　　我与干爸的相识、相知，直至我甘心情愿成为他的干儿子，自然都是缘于文学和写作。

　　我热爱文学，差不多也近二十年了。好文章没写出多少，但世上的好文章却读过不少；在文学圈里名气没混出多少，但文学好友却认识得不少。半年多前，当我第一次读到我干爸发在 QQ 空间里的文章时，我从他

云上的年轮

那笨拙但又极为本色的文字里，敏感到了一种从灵魂深处自然流出的、独有的情感脉流，让我自内心里油然而生出一种莫名的冲动和激情，久久难以释怀。这样，我们便开始了最初的认识和交流。

随着我们交往的深入，我才知道，干爸和大多数的父亲一样，为了工作，为了生活，为了儿女，奉献得太多太多，历尽了人生的波折和苦难。正如一首歌里唱的："人间的甘甜有十分/你只尝了三分/生活的苦涩有三分/你却吃了十分。"他和老伴做了四十年的农民，生了三女一儿，后来幸遇国家好政策，才终于从一位普通的农民水利技术员，转为国家的正式水利工人，为水利事业默默工作了数十年。生活的重担将他的身体折磨得虚弱多病，家庭的大梁压得他心力交瘁。在生活中，干爸真正就像一块荒野里的石头，斑驳累累，粗糙无光，难得引人去注目。

可是这块混沌的"石头"，突然有一天便似乎通了灵性，竟然对自己的人生境遇生发了感悟和情思，干爸开始了独自默默写作。他不知道这就叫文学创作，他只想着要将自己人生很多值得记忆的细节用心记下来。他觉得这种写作，本来就是属于自己一个人的事情，是从自己心里产生的，自然也就没必要在乎别人关不关注，喜欢不喜欢了。他怎么都没想到，其实他这一感悟的开启，这一真诚的抒写，好似参禅一般，一下就直指人心、见性立佛，让自己从世俗的人生中超越出来，进入到另外一个境界里去了。

的确，干爸的文字一如他的真性情：朴实，本色，没有一点多余的华枝丽叶，蕴含在字里行间、心底流出的那股情愫，极似深谷里的幽幽山泉，清澈而又空灵。他没学习过任何所谓的理论，脑子里也生发不出什么高深的思想，他笔下的每一个文字全是率性而为，自然流露，而这正好让他的文字真正抵达了他那真实的内心。我每每一读到他的文字，在阵阵情感共鸣中，恍惚间，便犹如自己远离了喧哗嘈杂的尘世，来到了一个满地月光的清静山林道上，心灵一片清凉和纯净。

缘于此，从干爸本真的文字里，让我发现了他这块貌似愚顽的石头，其内里则是藏玉含珠，装满了天光地气的精华。这也正如他那其貌不扬的外表，心里则充满了善良慈悲的真情。我与他以情感为河流，以文学为小船，进行着心与心之间的度化和交流。他激励了我，让我对文学的追求有了百倍的信心和勇气，我则搀扶着他，使他对写作有了一个新的认识和理解。文学本来就是人性深处那最激越的一根情弦，当我俩共同拨响起这根激越的情弦之时，在声声空谷绝响里，我俩都觉得自己的人生走进了一个神圣的境地，远离了庸碌喧嚣的世俗闹市，感悟到了天地宇宙中那最博大的生命之美，也体会到了那种超越血缘的人间大爱。

　　情义无价，文学永恒。我坚信，我与干爸的情缘也必将永远长青！

她双眼死死盯着那簇簇火焰，
仿佛要将它们纳入内心，
永远禁锢在自己的孤独灵魂中。

取火

******

　　母亲在无数个寒冷清晨生起的那堆火塘，注定要长久地沉潜于心底，让我常常从旧时光的余烬里扒拉出几粒灼魂的火星，去照亮许多过往的人和事。

　　映着火光，最先从路上依稀走来的，是走村串寨的补锅匠盘树阿公。瑶山风大，他肩上的补锅担子，一头是大风箱，箱里装了冷硬的破锅烂铁，一头是小火炉，炉中睡一团从不熄灭的幽火。盘树阿公佝偻着瘦小的身子，在巴掌宽的崎岖山路上步履蹒跚，隔着晨光，远远望去，如同一片干枯的树叶，缓缓飘荡在荒凉的山谷里。

　　千里瑶山萌渚岭层峦叠嶂，恍若天地间挤出的道道皱褶。其间藏踞着无数个大大小小的村寨，依山傍水，散落开来，极似绵绵的瓜瓞。盘树阿公到底是哪个寨子的人，谁也说不清楚。问他自己，他也只是挠挠有点秃顶的脑壳，愣一愣，一声不吭，很快又埋头补他的锅。

　　还是快九十岁的金枝阿婆说得好："盘树盘树，他就是一棵会走路的火叶子树！"

　　火叶子树，是瑶山一种类似于枫树和檵木的奇树，既像乔木，又似灌木，叶子宽大似掌，赤红如焰。金枝阿婆断定他命相属木，木生火，火克金，生火补锅正是他的宿命。

儿时，我并不明白这些，记得最清楚的，还是盘树阿公那句熟悉的吆喝声："补扒锅哦，补扒锅！补扒锅哦，补扒锅！"

只要这吆喝声在母地瑶寨一响起，盘树阿公的身后很快就会跟来一群流着长长鼻涕的小屁孩，和着他的吆喝一边拍着小手，一边齐声唱："补锅佬，补锅公，挑个火炉进瑶山，一天吃不到一碗饭，一生讨不起一婆娘。"有趣的是，盘树阿公虽是木命能生火，可心地却善良如水，听了并不气恼，反而咧嘴也跟着笑。

在寨子里转上一圈，不消半顿饭的工夫，定能收来好几只破铁锅。盘树阿公赶紧寻一块宽敞的屋檐地，放下担子开始忙活。

他先是举起铁锅，反扣向天空，将脑袋拱进锅里，借了天光朝锅底仔细打量。隔着岁月遥忆，这极易让人勾想起神话里女娲补天的模样。民以食为天，补锅，在那个年代，真是瑶家人天大的事情。

在盘树阿公的内心，补锅是极为神圣的。只要炉里的火一生起，他专注的神情便肃穆起来，一边将风箱拉得呼呼响，一边还念念有词。

盘树阿公念的是敬请火神的咒语。

相传在远古时代，火种藏在一个魔怪头上的眉心灯里，是一颗红色的亮珠。这个魔怪化变成一棵巨大无比的火叶子树，长在瑶山萌渚岭最高的山顶上。为了获得火种，瑶寨里一位叫盘角的小英雄，化作一只勇敢的神鸟，历尽千辛万苦飞到这棵火叶子树上，用长长的喙不停地啄树，直至从魔怪的眉心啄出火珠。为了防止火珠被魔怪夺回去，盘角将火珠吞进腹中，可在返回的路上，火在他的心里开始燃烧，令他五内俱焚。无奈，他只好挥刀扎进自己滚烫的胸膛，火珠滚出，点燃大地，瑶家人从此才拥有了温暖与光明。在永不熄灭的熊熊烈火中，盘角便成了瑶家人世代相传的火神。

果然，随着炉火越烧越旺，火中那只小小坩埚里的铁屑，竟由黑变红，渐渐地，开始慢慢融熔成一汪灿红的铁水，如大地之血，沸腾不已，炽热无比。这神奇变幻的一幕，也让引颈探看的孩子们，仿佛窥视到了一个宇宙的亘古之秘，幼小的心灵瞬间被这片灿烂的红光照得亮堂堂。

紧接着，盘树阿公像变魔术似的，拾起一方脏兮兮的厚棉布，放在左掌心，又往棉布上撒一把厚厚的黑锅灰，再用右手食指在锅灰里划拉几下，拨出一个小窝，便持起一只带细细长柄的小勺，熟练地从火心深处舀起一勺岩浆似的鲜红铁水——如同从中取出了一团火中之火，立即倒进了手掌上的锅灰里。此时此刻，所有的心不禁一紧，可还没等大家露出疼痛的表情，盘树阿公已眼疾手快地将手心的铁水"粘"到了铁锅的破眼处，左手同时拿来一只长长的棉布团，在锅的另一面有铁水渗出的地方用力按几按，一缕青烟顿时蹿起，转眼间，在难闻的棉布焦臭味里，锅便补好了。

大家常会纳闷，盘树阿公的手心为啥丝毫未受伤害，难道真是有火神在保佑?!

就这样，盘树阿公辛劳一世，孤苦一生，不知取了多少回火，补了多少只锅，缝合了多少人家的生活，可他自己却似乎一直藏在那火光的背面，就如没有谁知道他的来历一样，也没有谁洞悉他心里藏着怎样一颗爱之火珠。

唉，瑶山里的瑶家女子，有谁愿意嫁给一个全身上下乌漆抹黑的穷补锅匠呢?

响
火

******

　　经常来毌地爆玉米花的人，右拇指有一截多指，歪支出来，鲜红，像朵肉火苗，奇葩而又扎眼。大家干脆叫他"六指把"，真实姓名反倒都不记得了。

　　瑶家住高山，苞谷要当半年粮。苞谷，就是玉米，在过去，是瑶家人重要的一种主食。

　　常言道："秋边一声雁，露草挂白线。"当大雁"咕——嘎、咕——嘎"地鸣叫，缓缓飞过梦一样荒凉的山脊，消逝在迷蒙的天尽头时，毌地会不时响起"轰——轰——轰——"的火爆声，间或还传来孩子们的阵阵欢呼声。大人们都知道，那是六指把在爆玉米花。

　　六指把八字毒，很小就没有爹和娘，做了路边一棵草。命硬的他，东家一勺汤，西家一碗饭，住凉亭，蜷屋檐，赤脚两片度寒年，长大了竟有一身好力气。一只生铁铸造的大肚黑锅，少说也有三四十斤，在他手里提着倒腾不已，就像在轻松地耍杂技。

　　毌地的孩子们，一生都会记得六指把爆玉米花的情景：将装有苞谷粒的大肚黑锅，放在一个铁支架上慢慢转动，下面炉火熊熊。顶多一根烟功夫，六指把就会取下大肚黑锅，放在地上，拿来一个大麻袋，罩住锅口，扳手一拉，"轰——"如平地响起一声闷雷，麻袋瞬间被冲起一个大疙瘩。远处捂着耳朵的孩子们这才欢天喜地地拢过来。此时，六指把早已利索地将白灿灿、黄莹莹的爆玉米花装进大箕里了。

孩子们守着六指把爆玉米花，对这只葫芦模样的大肚黑锅总是充满了好奇，譬如，为什么经烈火一烧，里面的苞谷不是被烤成焦煳，而是绽放成了玉米花？六指把或许自己也解释不清，这便让孩子们拥有了一个小小的幻想空间，以为一定是那红红的火舌子，被神奇的大肚黑锅吸入肚中，钻进每一粒苞谷里，才炸出了颗颗香喷喷的玉米花。难怪大人们都不准我们多吃玉米花，说是会上火。

孩子们对六指把那大拇指的多指也充满了好奇。常常看见他在爆玉米花时，这个大拇指老是被火灼伤，让他痛得嗷嗷直叫。

母地的瑶家人，都认为六指把多长出一个大拇指，是因为他前世造孽，没有度身虔拜盘王，死后，才没喝上梦婆手中那碗忘却前尘旧事的迷魂汤，无法过奈何桥。人生人死都没有回头路可走，他只能跳入流淌着火焰的忘川河，经受水淹火烤的种种煎熬，才重新投胎做人。为长记性，梦婆这才让他独独多生一个指头，权作记号。

传说归传说，大可不必当真，但六指把四十二岁时讨了一个婆娘，则是实有其事。记得那年大旱，毒日当空，田地里到处都如着了火。母地与另一个瑶寨的汉子们，为了争水而发生疯狂械斗，活活打死了一个人。这个人的婆娘为了撑起濒临绝境的家，养大两个孩子，经好心人撮合，依了瑶家男嫁女的入赘习俗，很快让六指把补了缺，落户到此家。

不再是单身汉的六指把，从此就像牛轭套上了颈脖，累得赛过栏里的黑牯牛，一家老老小小的吃穿，全系在了他一个人的肩上。犁田种稻子，烧荒种苞谷，上山砍杉树，下河捞鱼虾，当然也还会四处去爆他的玉米花，只要能挣钱的事情，他样样都会拼死拼活地去做。

两个孩子长大后都去广东打工，缓几年，又都带回了两个媳妇，添了两个孙子，在母地还建起一栋三层钢筋水泥的小平房。又过几年，老伴病逝了，孙子们又都去了外地读书，唯剩下六指把一个人孤独地守着家——他老得已无法去爆玉米花了。陪伴他的那口大肚黑锅，不知何时被撂在昏暗的墙角旮旯，早生满厚厚的红锈，就如包裹在簇簇凝固的火焰中。

母地仍旧会不时响起"轰——轰——轰——"的火爆声，不过，这早不是六指把在爆玉米花，而是某个和六指把一样老的人老去了，在操办着丧事，鸣放惊天炮的声音。

捂
火

******

母地的后山有一条寸草不生的槽冲深沟，赤条条悬在笔陡的山壁上。大片的火红里间杂着几缕灰白，在日光激射下，如一挂猎猎的燃天之焰，令人眩晕，仿佛陷入了一个无法自拔的梦幻中。

瓦匠老侗叔识得货，知道这片土壤里混有一种白膏泥，是烧瓦的上等原料。不知哪一年，他竟携家带口地来到后山脚下，搭起一个长木棚，在这挂"火焰"旁挖出一口瓦窑，干起了烧瓦这门古老的行当。

老侗叔对泥巴，似乎有着一种与生俱来的敏感。和泥时，他常穿一条花裤衩，跟在一条老水牛身后，一手牵细绳，一手持竹鞭，在一口圆圆的泥潭里周而复始地打转转。泥潭里装满了瓦泥，稀烂，黏糊，一脚踩下去，泥水哧溜哧溜地从脚趾缝里冒出来，瞬间就会没过膝盖，牛和人行走得都很艰难。老侗叔不停地吆喝着，间或还挥动手里的竹鞭，怜爱地抽打几下老水牛。有人路过搭话，称赞他的瓦泥踩得好，他总会笑眯着双眼，乐呵呵地答道："哪里哪里，是这里的泥巴好，像糍粑，易过火，成色好！"

孩子们对老侗叔的话似懂非懂，只会如泥鳅样趴在地上，爱用小手将泥巴捏成怪模怪样的小狗小猫。

云上的年轮

老侗叔也长得很清瘦，竹杆似的身子支着黑黑的头颅，活像一根火柴棒，制作瓦坯的技术却格外娴熟：用一张弓样的线刀，切下泥片包在瓦筒上，再快速转动起瓦筒，同时用瓦刮将泥坯抚搓，抹平，泥屑飞舞，瓦坯奇迹般的就成了形。紧接着，他又将依附着瓦坯的瓦筒轻轻拧到空地上，小心折叠起瓦筒，圆筒状的瓦片坯便稳稳地立在地上。孩子们看得入迷，像一群苍蝇，拂不去，赶不走。他那瞎了一只眼的婆娘见了，常会从家中捧出爆米花，散给孩子们吃。

瓦坯烧制的过程复杂又神圣，通常需要经历十几天的一个漫长过程。出于种种禁忌和安全考虑，这时绝不允许孩子们去瓦窑附近玩耍。没有办法，在许多个黑夜里，孩子们只能远远地，看见瓦窑里幽幽闪现的火光，做着种种神奇的遐想，以此去装修自己梦的天堂。

没有谁知道，原本稠黏绵软的泥巴，为啥经烈焰地舔烧炙烤，就脱胎换骨变成了脆硬的陶瓦？是火焰给予了泥土一个不朽的灵魂，还是泥土让火焰拥有了一个凝固的形骸？

烧出来的瓦片上，常会烙有人的指纹，有箕也有箩，这是老侗叔那双老树皮似的手留下的。好多年后，苦命一生的老侗叔终于累死在瓦窑里，身子也化为一抔泥土。可留有他指纹的无数片青蓝黑瓦，至今还密密地覆盖在母地的栋栋吊脚楼顶上，一如他那粗糙而又温馨的手掌。

老侗叔死后，一天，这充满烈焰痕迹的瓦窑也稀里哗啦地坍塌了。内里阴暗，潮湿，很快就塞满荒草和蛇虫。不过，孩子们仍然迷恋此地，常来嬉闹玩耍。直到有一天，一个叫泥蛋的孩子不小心掉进窑中，被吓成了傻子，这儿才终于冷清下来。

吓傻的泥蛋从此成了永远的梦中人，爱自言自语说胡话，老说自己看见了烧鬼崽崽，天天都和他们一起玩耍。

烧鬼崽崽，传说是一种火精，穿着红肚兜，长得像孩子，却长有一双带蹼的鸭子脚。奇怪的是，他们一般住在水边，以捉鱼为食。去河里捕鱼，倘若看见河滩的石头上有串串鸭脚印，那就说明烧鬼崽崽已抢在前头，将鱼捉去了，人们必定一无所获。若看见谁家屋顶瓦片上也印有串串鸭脚印，那就证明烧鬼崽崽进了寨子，是发生火灾的征兆，人们务必要小心防范。

可笑的是，人老了，似乎也变得有些人鬼不分。活了很久的瞎眼婆婆，后来常对孩子们说，以前老侗叔爱去河里捕鱼，久而久之，烧鬼崽崽就认识了他，并知道了他们的家。趁他们外出烧瓦时，几个胆大的烧鬼崽崽，竟然就偷偷跑到他家生火架锅煮鱼吃，弄得家中一片乌烟瘴气，乱七八糟。大为恼火之际，老侗叔苦想出一条巧计：待家中无人时，偷偷将一顶斗笠当成铁锅，放在火塘的三脚撑架上。结果，不知就里的烧鬼崽崽又来煮鱼吃，一把火点燃了斗笠，鱼儿"扑通、扑通"全跌进火塘烧成了灰。不过，烧鬼崽崽有情有义，没多久，他们从别家偷来一口货真价实的铁锅，原样搁在老侗家火塘里的三脚撑架上，算是赔偿。

瞎眼婆婆每每讲述到这儿，语气显得神秘而又低沉，那只没瞎的独眼，便会放出一束窑火般的灼烈光芒，让人仿佛洞见了老侗叔火柴棒一样的清瘦身影。

淬

火

******

铁，瑶家人称它为"天石"。

在时间的远方，我的童年常会看见一坨坚硬、冰冷的锈蚀生铁，投身于熊熊大火，在烈焰的疯狂炙舔下，慢慢变得红软，灼烫，直至化为一团柔软似棉的"红火泥"，满溢着热力与炽光，正遭受着铁锤的猛力锻打。叮叮当当，火花四溅，心头顿感隐隐作痛。

母地瑶寨唯一的铁匠，就是年庚伯。他额头又鼓又暴，长年守着一个大火炉，胸前挂着一张缀满破洞的长长兽皮。他那双壮实的粗胳膊，抡起锤子打起铁来，青筋暴露，力大无穷。同时，脑壳则会一啄一啄地前后晃动，肚子也跟着一瘪一瘪地收缩，样子实在是有些滑稽。

古老的打铁手艺虽是个力气活，貌似简简单单，技术却非常讲究，充满太多的玄机。据说，年庚伯十五岁那年便跟着爷爷学打铁，但直到爷爷去世前才正式为他盖卦出师。瑶语里的"盖卦"，就是师徒之间传授秘诀的一种神秘仪式。

相传，盖过卦的人，都是在盘王面前许过愿、发过誓的人，暗怀念咒画符的神技。人们都说年庚伯最厉害的，就是擅长一种叫作"抓火功"的法术，双手能在虚空里抓来束束火苗，去替人驱鬼避邪，祛病消灾。寨子里谁若碰上个一病二痛，或是撞上什么三灾六难，大都会请他来使上几招，必见奇效。

"打铁就如做官，成不成，全在于那要紧的三把火上！"这是年庚伯对徒弟们反复叮嘱的一句话。他说的这三把火，就是指锻火、淬火和回火三道打铁的重要工艺。他还说，锻火要猛，淬火要巧，回火要文，只有火功到了，钳中的那坨赤红热铁方可乖乖听锤子的话，才能力跟意走，形随心来，想扁能扁，想圆能圆，打把镰刀赛月亮，打只凤凰能上天！

年庚伯说起话来，就像他打铁时一样朗朗上口，铿铿锵锵，比瑶山里的长流水还要流利。可他的命运却坎坎坷坷，八字苦得像黄莲。他三十多岁时，婆娘竟撇下两个嗷嗷待哺的女儿，得病去世了。害得他多年来，既当爹又当娘，形单影只苦撑光阴。

"打铁打铁，打把剪刀送姐姐，姐姐留我歇，我不歇，我要回家学打铁。"在这暗含着酸涩的阵阵童谣声中，难熬的日月如同那反复淬火的铁，红了又青，青了又红。

好不容易将两个女儿拉扯大，出落得如同两株可人的灵香草。可惜大女叶贞却落个天生的哑巴，二十七八了，还没人来要，最后患上桃花颠，跌进深潭做了水浸鬼。小女花贞总算样样标致如意，可人大心也大，初中没毕业就跟着几个姊妹南下广东，好似瑶山里的一只云雀鸟，转眼就不见了踪影。

三年后，花贞回到家来，头发竟染成了一蓬黄棕毛，脸上涂抹的脂粉厚过山墙，脚绷健美裤，身穿露脐衫，活像从盘丝洞里走出来的蜘蛛精，哪有一点黄花闺女的正经相？不消几天，寨子里的流言便像野火般蔓延开来。原来，花贞没有不正经的营生。年庚伯气得热血直往头顶冲，当即就脑梗中了风，落个半身不遂无法动弹，铁铺里的炉子也冷了火。

以后，女儿花贞更难得回来，只是偶尔汇寄些钱接济接济父亲。好在苦人命不绝，年庚伯后来还是站了起来，拖着一只僵直的残腿，挪移着笨拙的步子，又叮叮当当打起铁来。

仔细听，这叮叮当当的声音，已明显不如当年那样清脆。

就如女儿花贞不愿做瑶山里的云雀鸟。母地的瑶家人大都也不愿守着古老的家园，全如只只候鸟，纷纷飞进城里挣大钱，任杂草茅根湮没田野，湮没所有回家的路。

也如人们已不再记得年庚伯那"抓火功"的神秘法术，人们早不再记得那些曾亲密接触过的锄头、犁耙、柴刀与斧头，任凭它们在岁月里悄悄锈蚀。母地，也如一棵空心老树，盛满了旷古的孤独。

不过，头上已覆满白芒的年庚伯，仍守着他的炉火，打着他的铁。只是打制的，全都是些菜刀、钢钎、马钉等小物件。其中，打制得最多的，全是用来钉棺材的长生钉，这自然都是一些黄土埋了半截脖子的老人来专门订制的。

这不，年庚伯眼下正用铁钳夹着一枚通红如心的长生钉，放进水桶里淬火。"嗤"的一声，冒出一股青烟，咳咳咳咳，直呛得他连连咳嗽，似乎他的心里、肺里全沾满了那猩红的铁屑，让他灼渴难当。

其实，年庚伯打了一辈子的铁，最看重的，便是淬火这道工序。当年爷爷盖卦传授给他的秘诀，就是往淬火的水里如何撒入适量盐巴、铁屑的一个祖传秘方。他深知，在不久的某一天，这个不知传了多少代的祖传秘方，将和他一起，就要被这心状的长生钉永远钉进另一个世界。

咳咳咳咳，又是一阵长长的咳嗽。

年庚伯无疾而终，享年八十一岁。

"叮叮当当，百炼成钢。太平将至，我往西方。"这是瑶书里记下的一首打铁偈语。

云上的年轮

守火

******

　　长年守在火塘旁的金枝阿婆，手持一根细斑竹做的吹火筒，撮起嘴唇，不停地往火心里吹气，随着干瘦的腮帮一鼓一瘪，火苗摇曳不已，很快就越烧越旺，将她慈祥的面容清晰地从记忆深处映照出来，恍若一尊金光四射的佛。

　　金枝阿婆说，火塘里住着一位火塘娘娘，她掌管着母地每一位瑶家人的生死祸福。金枝阿婆常会轻轻低吟："火是瑶人伴，火是人魂窝；火光明朗朗，如日永不落；火神家中坐，人畜得安乐。"

　　火塘中，立着一尊铁制的三脚撑架，圆圆的铁圈上承负着一只沉重的大鼎锅。锅里满盛着甜美的山泉水，随着柴火噼里啪啦地燃烧，水咕嘟咕嘟一下子就会烧得滚开。金枝阿婆会从头上一只沾满烟灰的茶篓里，拿出一把大叶茶，随手往锅中一撒，不消片刻，苦辛味烈的茶汤，便可大碗大碗地去浇灌瑶家人的肝肠与心魂了。在阵阵甘之如荠的涤荡中，常能让人体尝到生活里最本色的生命况味。

　　金枝阿婆活了九十多岁，自己虽没生下半点血肉，但母地的哪位女人若在火塘旁生产了，定会请她来接生。在阵阵撕心裂肺地痛苦呐喊中，"哇——"的一声啼哭划破天地，一个瑶家新生命终于来到了人世间。说时迟那时快，金枝阿婆赶紧手持一把锋利的剪刀，探到火塘那赤红的火焰里炙烧片刻，便"咔嚓"一声将新生儿的脐带剪断了。孩子继续哇哇大哭，她却笑得合不拢嘴，像捡了宝似的说，大喜大喜，难怪今天早上火塘里的火苗燃得欢，原来火塘娘娘保佑我们瑶家又添一丁血脉啦。

寨子里倘有孩子受了惊吓，烦躁不安，也定会请金枝阿婆来喊魂。她会一边口中念念有词，一边用手往火塘里的三角撑架上抹一块黑锅墨，在孩子的额头上画一个神秘的巫道神符，再一脚踏着门槛，一脚踩在地上，抱了孩子，柔柔地唤道："狗蛋哎——，回来哦！"狗蛋的奶奶跟在金枝阿婆后面就一声接一声地轻轻回应："回来了，回来了！"奇怪的是，这样喊上一阵，狗蛋果然便安静下来，很快进入梦乡。

旧时，瑶家人虽然穷得慌，但他们天生乐观豁达，特别喜爱"摇动长鼓，花童百对歌满天。"尤其擅长用那勾魂的优美歌子来倾诉衷肠，表达内心的缠绵。谁家来客人了，全寨人必会赶来，团团围坐在主家熊熊的火塘旁，一起"坐歌堂"。少男少女情深意又长，每每总会唱到月亮落山，公鸡打鸣。

金枝阿婆年轻时嗓子特别好，唱起歌子来，赛过姑婆山的画眉鸟。十六岁那年，长得如一朵芙蓉花的金枝，在一次"坐歌堂"中，遇到一位歌子同样唱得极其出众的瑶家美少年。这位少年一见金枝，便主动邀她对歌，亮开嗓子唱道："火塘烧起亮堂堂，赛过天上日月光；为结情义歌堂起，为着阳鸟戏鸳鸯。"金枝面露矜持，并没马上接应。于是，少年又接着用歌声再次相邀："高山流水水清清，流水清清过竹林；竹子对水低头笑，好比阿哥恋妹心！"

金枝见那少年一片真情，心软了，这才接应："感谢阿哥好歌音，句句好比流水声；唱得流水随山转，山含笑来水含情。"少年赶紧用歌对上："今早爬过黄花岭，脚踏黄花一片金；不是今天才想妹，早就想妹到如今。"

对歌中，那少年一时情急，被金枝唱得无法应对。依了瑶家的规矩，金枝与众姊妹便使劲将火塘里的柴火往其身边移，意思是逼其用火"烤"出歌子来，结果弄得那少年面红耳赤，尴尬中连连后退，"扑通"一声，不小心翻了一个大跟斗，差点栽进那火塘中，顿时引来满堂大笑。

就这样，你唱我答，一来二去，两颗心越贴越紧，最终便融在一块儿，化作了一颗心。

不久，猎户人家出身的这位少年，便主动"嫁"到了金枝姑娘家。

可惜，金枝与这瑶家少年命中注定有缘无分。他们完婚半年不到，这少年在一次进山打猎中，背在身上的那杆鸟铳不慎走火，"呼"的一声，火光一闪，正中心窝，将自己打死了。

年纪轻轻守了寡的金枝姑娘，在悲痛欲绝中，自此便形如槁木，心如死灰。

金枝姑娘一袭黑火焰似的长发，转眼便变成了满头白雪。一年又一年过去了，在风刀霜剑的阵阵摧残中，她终于熬成了金枝阿婆。

悲苦一生的金枝阿婆，变得越来越痴魔与木讷，好多事情都印象全无，唯有她与那瑶家少年坐歌堂对唱情歌时的如梦情景，却永远都没有忘记。每当月亮爬上吊脚楼时，她会唱："我俩情意重如山，大海水深犀不干；乌云打伞遮千里，月亮点灯照万山。"或是寒风瑟瑟，吹得竹叶叮当乱响，从梦中惊醒时，她也会唱："梦哥梦到竹子山，手攀竹子哭断肠；别人问妹哭什么，妹哭阿哥难还阳。"自然，更多的时候，是坐在火塘边，她又会唱道："恋哥如同藤缠树，恋妹好比树缠藤；藤死树生缠到死，树死藤生死也缠。"

金枝阿婆这样不知疯唱了多少年，日复一日，年复一年，直至唱哑嗓子，流出了滴滴殷红的血。

从此，金枝阿婆便整日苦守在火塘旁，一动不动。她双眼死死盯着那簇簇火焰，仿佛要将它们纳入内心，永远禁锢在自己的孤独灵魂中。

浴

火

******

"哥哥，哥哥；哥哥，哥哥！"

这是瑶山里麂子的叫声。温顺的声音里透出丝丝凄楚，犹如迷途的孩子，在怯懦地呼唤着自己的亲人。

"羊过岭，麂下河。"老猎人黑脸头说这话时，一双空瘪的瞎眼窝似乎会放出光来。刹那间，林子里那些熟悉的野猪、山羊、獐子、狍子、麂子、野兔等各种兽物，都恍如簇簇火焰般奔驰在心头，瞬间照亮了自己黑暗的混沌世界。

麂子，神美可爱的就像梅花鹿，也是山中的一灵物：细耳朵，短尾巴，还有两只弯弯的小尖角。如山羊一般灵巧敏捷，一旦察觉到什么动静，便会耸起身子，抬起长腿，奋力飞跑起来。只是，因了习性，麂子常喜欢朝山下河谷奔，山羊则喜欢朝山顶跑。它们在草木间飞跃的矫健身影，或隐或现，比闪电还迅疾，要想捕猎到它们，自然绝非易事。

他捕获麂子，也自有妙术：常常会在山中某条偏僻的小道中央，挖个小土坑，铺置一张薄木板，上面安放一个绳索系成的活套，覆一层树枝与细土，再将活套与道旁一根长竹竿牢牢拴连。最后，黑脸头还会扯来几根茅草，一边心里默念咒语，一边双手反过背去，将茅草绾成一种奇形怪状的结，小心地放于路间，这才悄然离开。真是如有神助，不久便定有麂子从此处路过，如中了蛊似的，必有一足会踏进活套，陷入坑中，竹竿立刻弹起，将其高高地倒悬于空中。

黑脸头住在寨子对面山上的大枫树脚下，单门独户，陪伴他的，只有一杆黝黑锃亮的鸟铳，一只被唤作"老花"的搜山狗。为了打发黑暗世界里的无尽寂寞，黑脸头常会摘来木叶吹。无论什么木叶，一旦到了他的嘴里，就如长了魂儿般，定能吟出种种优美动听的曲子来。颇通人性的老花，也会耷拉着两耳听得津津有味，或许是感动了，不时还会"汪汪汪汪"地吠几声。

"堂屋点灯屋角明，屋后传来木叶声；木叶好比拨灯棍，晚上来拨妹的心！"这粗犷而又缠绵的山歌声，和着明亮清越的木叶声，常会令黑脸头想起自己青春年少时，经由吹木叶、赛山歌，与一位美丽瑶妹结下情缘的美好回忆。

神奇的是，黑脸头还能用木叶模仿出什么野鸡、锦鸡、山鹰、雪雀、百灵、画眉、八哥、玉米鸟、五更鸟、黑衣鸟等各种小鸟惟妙惟肖的叫声。吹着吹着，竟能引来成群结队的鸟儿远远飞来，纷纷停憩在这古老的大枫树上，叽叽喳喳地啁啾不已。有些胆大的，还会落在他身旁，静静地听着他吹木叶，有的甚至在他头顶盘旋着低低飞翔，犹如百鸟朝凤。

黑脸头自然也决不会去捕捉这些触手可及的小小生灵，哪怕就是老花吠叫几声，他也会大声叱责。待老花呜呜着委屈地卧在身旁，他会一边用手抚摩它，一边感慨地说："劝君莫打春来鸟，仔在巢中望母归。"

此时，他那两只深陷的眼眶里，似乎涌出了两颗浑浊的泪珠。

黑脸头婚后不久，老婆有一回背了背篓进瑶山捡菌子，鬼使神差，竟然就踩入了他捕捉麂子的绳套。也不知她在竹杆上被吊了多久，直至有个常来寨子收山货的外地人恰好路过，听见她的呼唤，才将她救下。不知什么原因，过了些天，这外地人又来母地收山货，老婆便跟着他跑了。黑脸头揣着鸟铳寻了好多年，都没寻着。

老婆没了，黑脸头打猎更加凶狠，眼里常会喷火。

世花道公说他杀气太重，暗地里为他掐指一算，说他必犯煞星。

那年秋后，黑脸头与几个猎人围猎一头三百多斤的黑毛野猪。他与老花埋伏在一个坳子里负责守卡。忽然，老花不安地轻声哼鸣起来，远远地，很快便传来阵阵"唰唰唰唰"的声音。只见一团黑影在草里若隐若现，径直奔来。黑脸头赶紧朝那黑影"呼——"地就是一铳。这一铳竟没打中要害！受了伤痛和惊吓的野猪立即循着铳声，如猛虎般朝黑脸头扑来。结果躲闪不及，他的两颗眼珠子便被这野猪的利爪剜了出来。幸好老花和众猎人及时赶到，才保住了性命。

黑脸头成了瞎子，自然再也无法上山去打猎。随着慢慢变老，他除了仍旧爱吹动听的木叶，还爱和老花扯闲话。说自己无论白天还是黑夜，常会梦见他那逃跑的老婆，竟变成了一只美丽的麂子，卧在他身旁。一双山泉般明亮的眼睛，在黑暗里正朝他忽闪忽闪，还"哥哥、哥哥"亲昵地叫唤他。

"汪汪汪，汪汪汪。"只有老花的叫声才能唤醒爱做孤独梦的黑脸头，才能驱除回绕在他耳畔那"哥哥、哥哥"的叫唤声。他已无法分清，这声音不知是麂子在鸣叫，还是老婆真的在呼唤他？

"呼——"，又是一个深秋，活倦了的黑脸头，捧起鸟铳，朝自己脑袋放了一铳。当人们赶到他身旁时，他的鲜血差不多已全部流干，洒在地上，与老枫树的赤红影子交融一片，如道道凝固的火焰。

临终前，他唯一的愿望，就是请求人们在为他"烧尸"时，留下自己的心，埋在大枫树下。

"烧尸"，母地一种古老的葬俗。瑶家人认为，谁若死得不好，他那不安的灵魂必会做怪使祸，危害活人，殃及全寨。只有请世花道公来施咒作法，用五雷神火为死者焚尸烧化，他的灵魂才能早登仙界，获得安然。传说，世花道公能按照死者的遗愿，想留身子的哪一部位，就能用法术让这一部位在火中留下，而不会被焚化。

那天，黑脸头被投身于熊熊大火，当火焰如水一般在他全身漫漶开来之际，老花突然低头呜呜悲鸣几声，竟箭一般扑进火中，瞬间便被火焰吞噬，化作了一个炫红的火球！

这时，世花道公用母地的土话，开始幽幽地唱起了神秘的"火焰歌"：

"生也难，死也难，生生死死梦一场；生是娘娘一朵花，死了放火满堂香。"

"生也空，死也空，生生死死苦匆匆；生是盘王一根骨，死了放火满天红。"

"呼——呼——呼——"追魂的鸟铳声响彻寂寥的天空。不知黑脸头的心，是否真的能在火中留下……

一圈圈，暗划了我一生的轨迹

年轮

******

　　我的皮肤越来越像那蜕去树皮的木头，那密密的青筋，也越来越凸露了，确像树木内里的圈圈年轮。

　　年轮自是随处可见的一种熟悉图案了。它们或密或稀，形态各异，但都纹迹深刻，脉络明晰，点缀于房屋器具的各种木头身上，散见于生活的每个角落，仿佛是一种生命的原始符号，一种怪异的文字密码，凝血似的暗红中露出一种朴素而又深刻的美。

　　童年，常常会被美丽的年轮所吸引，所痴迷。火塘边木头上的年轮，被岁月的烟火熏的黝黑，在跃动的柴火辉映里，隐隐地会反射出温馨的光芒。堂屋里横梁上的年轮，总会被天井里斜照下来的日头所照耀，仿佛涂抹了一层炫目的青铜古色，透露出一种百年沧桑。那些木壁上的年轮，我会用小手去轻轻地摩挲：老屋里的年轮因为过于苍老，圈圈纹痕粗糙不平，就像触摸到了生活的清苦和坎坷。只有新房子的年轮才非常平整，非常光滑，全像从木壁里渗透出来一样，如娇艳的山花。而新纳的鞋底，翻犁的稻田，天上的云纹，地上的路痕，老井里的波纹，小溪里的旋涡，油坊旁的水磨，祠堂里神龛上的蛛网……甚至小河、山峦，层叠如鱼纹般的片片青瓦，以及炊烟在故乡头顶缭绕的情景，不经意间都会现出圈圈年轮

云上的年轮

的幻影来。

在故乡母地，无论是谁，从娘胎里一坠地，头件事情必定是被放入一只木盆去洗人生的第一个澡。那木盆的底部正有一个圆圆的年轮！在水波的荡漾中，这年轮也会晃荡起来，如一朵冉冉盛开的慈莲。到了人生的终点，依了故乡的习俗，亡人在入殓前，足底必要蹬着一面圆圆的石头磨盘——双脚就像踏上了一个旋转前行的年轮。而棺木上那漆黑的年轮，在香烛烟焰的映照下，恰似幽幽的魂影。

就在那栋风雨飘摇的祠堂旁，立有两棵老松树。一棵至今还充满生机，高达五六十米，粗约数人合抱才能搂住。此树根深叶茂，枝虬伸张，华盖似的树荫将整个祠堂庇护得严严实实。另一棵则早已不存，唯留一个巨大的树墩在地。树墩上一个年轮依稀可辨。按族谱记载，这两棵古松树正是故乡最早的两位祖先亲手所植。故乡的历史有多长，这两棵古松树的年岁便有多大。依了辈分代数推断，足有四百多年了。难怪这树墩上的年轮纹路那么密那么细，原来是将故乡的时光全存了进去。

曾经最喜欢爬在这年轮上看蚂蚁搬家，看着这无数的生命小黑点在那密密的纹路中奔波不止，令我开心无比。在大树下玩累了，我们又七叉八仰地睡在年轮上，与许多奇异的梦相遇。那梦，一圈圈，把生命和记忆镂刻到了时光中，暗划了我一生的轨迹。

故乡的年轮就这样以梦的形式，深深地沉潜于我的心底。不知不觉，又显形为这身上的纹理和青筋。就这样，我像老树一样扎根在故乡的大地上，即便肉躯化为烟尘，灵魂依会闪烁在故乡的年轮里……

云上的年轮

水
楼

******

水楼建在河的中央，天笼水托，波簇浪拥，煞是好看。在村史族谱里，那条河叫"脐河"。也不知它是从哪座深山里流来的，皱皱巴巴，清清瘦瘦，的确酷似一条裸露的血肠子。山村里的木头房屋便临水而筑，全都依偎在它的两岸，一栋挨着一栋，一排连着一排，密密麻麻，层层叠叠，活像一根长长的青藤上缀满了无数个野葫芦。

水楼是那种独特的八角楼式样，圆圆的楼房，尖尖的屋顶，仅以数根粗大的木头做支撑，楼下刚好是一个深潭，远远看去，既像一个硕大无比的葫芦瓜，又似一朵含苞欲放的莲花苞。

我们一家在水楼里也不知住了多少年了，我爷爷的爷爷就是在这水楼里出生和去世的。我也出生于水楼。据说生我时是难产，母亲像过鬼门关似的，在水楼里痛苦地挣扎了三天三夜，血，像漏雨似的，全从水楼的木板上滴到了脐河里，将河水都染成了一绺晕红。听奶奶说，我出生的那个夜晚，月亮出奇的圆，出奇的大，透亮的月光映红了满地血水，竟将水楼照得一片彤红。终于，母亲拼了最后一丝力气，硬是将我推出了她的身体。我来到这世上第一眼看见的，竟是一片血红的月光。

母亲生下我，承受了这么大的磨难，一家人便都把我当成了掌中宝，心头肉，生怕我有个什么闪失。满月那天，奶奶给我看了个八字，说我是什么水命生，最易被水鬼勾去。因了这缘故，大人们便从来不许我到河里玩耍，更不消说下河洗澡了。无奈，我家的水楼就建在脐河里，与水挨得又是那么近，一到炎炎夏日，村里的孩子们便都跳到水楼下的深潭里尽兴嬉戏。他们全都赤条条地泡在水里，活像一条条精白的小鱼。大家在水里又是扎猛子，又是打水战，又是摸鱼虾，又是捉迷藏。有为争一条小小狗鱼而对骂斗打的，有被一只凶狠螃蟹咬了小鸡鸡而大哭不已的，有为自己的小衣裤被流水偷了去而急得直跳的，也有被呛了水而慌忙逃上岸大口喘气的……孩子们总是玩个没完没了，无休无止，整天里我家水楼下就像一锅滚烫的开水，沸腾不止，吵闹不休。可惜这么快活的事情却永远也轮不上我，因了我的那个可恶的"命"，因了家里大人们的管束，我成了唯一的局外人、旁观者。每每我独自趴在水楼上，看伙伴们洗澡玩耍时，比我大的小哥哥，就会拿着活蹦乱跳的小鱼逗我开心；比我小的小弟弟呢，便定会做鬼脸羞笑我，令我既眼羡又恼怒。有一回，一个叫鱼仔的小伙伴为了引我下河，便煽动其他小伙伴一起往我身上戽水，将我全身淋得透湿，母亲回来后，怀疑我瞒着她下河洗了澡，竟狠狠地揍了我一顿，叫我好长一段时间都没理睬鱼仔。就这样，我当看客似的，常常一看就是很久很久，看着看着，我的心儿魂儿，便总是不知不觉也飞到了水里，化成了一条漂亮的小鱼，像狡猾的影子一样，偷偷地和伙伴们在水里尽情地戏耍。

如果不是炎热的夏天，我家水楼下的河潭，更多的时候总是风平浪静的。往往在这样的日子里，为了不让出门干活的母亲牵肠挂肚，我总是将自己一个人留在家里，一个人守着水楼。水楼很老很老了，黑黑的四壁，危危的横梁，古旧的窗户上结满了密密的蛛丝网，堂屋里的神龛上积满了厚厚的尘埃。空空的，静静的，我只有独自与我长长的影子玩耍，只有细细谛听楼下小河流水的低吟浅唱，来安慰我孤独的小小心灵。我最喜欢立在水楼的阳台上，看我和水楼落在河潭里的倒影。我看见水里那座倒立着的水楼，躲在水心里，晃在微澜里，那么流光溢彩，那么漂浮轻灵，犹如一座蓬莱仙阁，一幅海市蜃楼。

就因了我常常这样一个人在水楼里独自呆看，有一回，我竟然掉到了河里。当大人们将我救起时，我已不省人事了，我睡在水楼昏迷了整整一天，直到夜晚月光照亮了水楼时分，我才迟迟醒来。大人们见我醒来，忙问我是怎么掉下去的，我说自己也不知道是怎么掉到河里的，只隐隐记得我像做了一个梦，在梦里我的身子竟然变得轻飘飘起来，渐渐地化成了一朵美丽的白莲花，被一片如血的红光笼罩着，飘在一个红灯笼似的大水缸里，一群群五彩斑斓的鱼儿就游在四围，一边唱着动听的歌儿，一边将花儿轻轻地托举了起来，在水里漂啊漂……不知漂了多久，直至听到有人焦急地唤我，我才忽然醒来。大人听了我的胡言乱语，都摇头说这孩子肯定受了惊吓，有些呆傻了。

果然，从这以后，我显得更加沉默了，也更爱一个人在水楼里独自玩耍了，只是心里，从此多了一朵被红光笼罩的白莲花。

离开故乡多少年了，可每每一回到故乡，我定会急急跑到我家的水楼里，趴在阳台上，总要朝楼下的河潭里去呆呆地张望，去苦苦地寻觅，好久好久。

谁也不晓得我在张望什么，寻觅什么。

我自己也不晓得。

灯
碗

******

    说来真是有点寒碜，儿时我最心爱的一件玩具竟是一只小小的灯碗。

    这是一只纯由一坨青铜铸成的灯碗，最初搁在我家老屋的神龛上，与一排先人们的灵牌挤在一起。说是灯碗，形状却如一朵宛然盛开的莲花，片片薄薄的"花瓣"从"花托"基部冉冉展开，围成一个碗样的凹形小圆盘，通体都泛着古铜色的光芒，那么古朴，那么精美。可惜日久年长，好多"花瓣"都脱落了，唯剩了时光剥蚀留下的斑斑痕印。

    在奶奶的眼里，这只灯碗是一件珍贵无比的宝物。平时，她是从不允许我们这些孩子们去触摸它的。一有空，奶奶便常常踮着小脚，拿了抹布，颤颤巍巍地去擦了又擦，生怕灯碗被沾了灰尘。逢了阴历每月的初一、十五两个祭日，奶奶就会沐浴更衣，在神龛前摆上供品，烧香化纸，祭祖拜神。此时，奶奶也一定会从神龛上轻轻地取下灯碗，往那微凹的圆盘里盛上清清的香油，里面再插上一根白白的灯芯草，"噗"的一声，灯芯草刹那间就被点燃了，一粒跳动的火焰立刻将灯碗映成彤红一片，极似一朵娇艳的红莲花。奶奶双手便托着这朵美丽的"红莲花"，靠近心口，久久地跪拜于地，嘴里念念有词，神情肃穆而又虔诚。每每看见这情形，我心里便总是想，什么时候我如果也有这样一只漂亮的灯碗，那该多好啊。

奶奶在我们村是个有名的接生婆婆，村里哪个女人要生孩子了，定会请了她去帮忙。去时，奶奶总会带上这只灯碗。好奇的我，也会常常跟了去，为的是总想看看奶奶是如何用这只灯碗把一个孩子接生出来的。可是，奶奶从来都是不准我走进那正在生孩子的房子里去的。我只好趴在门板上，用眼睛贴在门缝处往里瞅，总是瞅了很久都瞅不见什么。房子里门窗紧闭，一片昏暗，一阵阵痛苦而又恐怖的喊叫声不时从里面传出来，我常常就会被吓得逃回了家。

不过有一回，我却从那门缝里隐隐看见了房里的一切。我看见那房子里有一张床，床头有一个小木柜，柜上正摆着那已点亮的灯碗。借了彤红灯光的照耀，我还模模糊糊地看见那床上躺了一个女人，她正在翻来覆去地挣扎着，并痛苦地叫喊着，奶奶就陪在她的身旁。直到许久，突然，随着女人撕心裂肺的一声呐喊，只听见奶奶惊喜地连声说道："生了！生了！"紧接着就传来婴儿的啼哭声。最后，我还看见，当沾满着羊水和鲜血的婴儿托到奶奶手上时，奶奶便很麻利地拿出一把早已准备好的剪刀，将锋利的刀刃放在灯碗那粒跳动的火焰上反复烧了一会儿，然后"咔嚓"一声，就把婴儿肚上那根长长的脐带剪断了。

这是我至今唯一一次看见婴儿诞生的记忆，好多细节都无法记清了，可那只点亮的灯碗却永远清晰地印在了我的心里。

没过几年，八十多岁的奶奶终于在一个雪夜里安详地去世了。依了我们村的习俗，这么大岁数的老人逝去就可称为"白喜事"了，是要大力操办葬礼的。因此，我家为奶奶举行了三天三夜的隆重丧事。在这三天三夜中，我看见那只灯碗，不知是谁，竟然将它点亮，放在了奶奶那黑漆漆的棺材下，四射出红红的光芒，将棺材下面照的一片雪亮。长大后，我才知道这是我们村葬礼中的一道仪式，将一盏灯放在亡人的棺木下，意思就是为他的灵魂照亮前行的路，指引亡魂能顺利抵达到那另一个世界。

奶奶去世后，灯碗虽然还是照旧被搁在老屋的神龛上，却再也没有人来为它擦拭尘埃，人们似乎都将它忘记了。只有我，还是那么的喜欢它，对它总是充满了一种神圣的向往。终于有一回，趁着没人注意，我竟偷偷地把灯碗捧了下来，藏在贴心口的衣服里，当成了自己一件心爱的玩具。我常常学着奶奶的动作，小心翼翼地将它擦拭干净，放在小板凳上，任我凝神细观，任我浮想联翩。这只小小的灯碗，它究竟是依了莲湖里哪朵莲花的模样雕塑而成的呢？那朵莲花一定受了清露的洗沐，晨光的轻吻，还有那蜻蜓的伫立吧？

那时的我，最大的心愿，就是总希望能有一天，自己能将这只小灯碗点燃，永远让它美丽的亮着！为此，我不知尝试了好多次，可不知为什么，我却怎么也没有将它真正点亮过。直至今天，在我的生命里，这也是我的一大憾事。

又过了几年，我便长大离开了故乡。没想到，这一别，我就再也没有很多时间重回故土了。读书求学、工作谋生、娶妻生子，一个人活着忙着，浮生若梦，转眼就过去了大半。作为凡夫俗子的我，自然平平淡淡，渺小如那恒河里的一粒沙。可令我感到唯一欣慰并自豪的是，我却怎么也没有忘记奶奶留给我的这只小小灯碗！在我的生命中，在我的心灵里，它始终就像傲然盛开在我灵魂里的一朵清清莲花！

虽然，这只小小的灯碗，如今已不晓得被遗弃到哪儿去了，我自然也从来都没想过今后还会真正能够见到它。可不久前，我偶然去了一趟郊外的一座小佛庵，在我就要踏进佛门时，我的视线猛然被门旁墙上一行嵌金大字所吸引，那是一句佛经里的偈语，道是："一灯能破千年暗！"一刹那，我的心头似被什么触了一下。果然，当我走进佛门后，就在一尊佛像前的香案上，一眼就看见了案上摆着的那盏莲花灯，万万没想到，它的模样和大小，竟然和我儿时那只灯碗如同出一物，相像得不差分毫！一瞬间，我被惊呆了。

这让我不禁顿然悟到，这盏美丽的莲花灯是否就是那只小灯碗有意在佛前显了它的原形，来与我相聚的呢？

云上的年轮

老鼓

******

我一直认为，老鼓就是故乡的心。

我们村栖踞深山，村前屋后居多的自然是树。大多是些冲天古树，高达数十丈，粗则三四个汉子都难以将其围抱住。听老人们说，先人们在建村时就栽下了这些树，我们村的历史有多长，这些古树便有多老了。很多年前，其中一棵古树被雷劈倒，电火将它烧得漆黑，村人们便取其一截，掏空树心，两头蒙上牛皮，再刷上桐油和生漆，便做成了这面老鼓。

老鼓平日安放在祠堂里一个高高的木架上，被一张大红绸布包裹得严严实实，神神秘秘，绝不能随便叫人看见它的真容。村人们在遇上什么祈神拜祖、了难消灾之时，便会来到祠堂里祭祀老鼓，为它烧香化纸，跪拜磕头，虔诚之极。

我们村为什么要在祠堂里奉供一面鼓呢？小时候我自然弄不明白，直到长大后读书识了字，有一次回到故乡，在一个老辈家里，我读到了村里代代相传下来的一册《魏氏宗谱》，才知道了其中的缘由：原来，我们村最早的祖先是一个县官，此人秉性过于清直耿介，为人不通官场世故，却爱为百姓申冤鸣不平，结果得罪了朝廷要人，受到排挤，于是便弃官逃入山林，做了一名隐士。不过，在离开县衙门时，他什么东西都没要，唯将公堂上一面用来喊冤的鼓随身携了去。几百年过去了，他的后裔们便在他隐居的地方繁衍生息，聚族而居，形成了一个世外桃源式的小山村。源远流长，不忘祖训，我们村便将鼓当成了村里的神物圣器，世代对其奉供祭祀。

村人祭祀老鼓是很有讲究的。一般是逢上哪家迎亲娶嫁了，女的必在上轿前到老鼓前进行一番叩拜，以示永不忘了祖宗的血脉之亲；男的必在洞房花烛夜与新娘双双来到老鼓前拜天拜地拜双亲，举行一系列烦琐而又复杂的祭祀仪式。一对夫妇，若是结婚数年都没见怀上身孕，或者总是生女而不生男，往往首先想到的就是要来祭祀老鼓，以祈求祖宗的显灵保佑，防止断了自家的香火。我们村称此为"求嗣"，据说如果夫妇双双心诚行善，一定就会如愿以偿，否则就会枉费心思。听奶奶说，我便是父母在老鼓前"求嗣"求出来的一个崽。因为在我前面，母亲已生了三个姐姐，为了求得一个儿子，她便经常跑到老鼓前烧香化纸，磕头祭拜，常常是额头上都磕出了很多血印。幸好最后还是生下了我，也算是祖宗显了灵吧。

听了奶奶说我是在老鼓面前"求嗣"求出的一个崽后，似懂非懂的我，竟然从此对老鼓便充满了一种极为神往的亲近感。记得祠堂的大门，平常总是被一把绿锈斑斑的大铜锁锁着，我与顽皮的小伙伴们就常常背着大人们，爬上房梁，从窗格子里钻进去，在祠堂里玩捉迷藏的游戏。在与伙伴们玩耍的同时，我就最爱偷偷地瞧那老鼓。可惜老鼓总是被红绸布包裹着，根本看不清它的具体模样，而那个木头鼓架又是那么高，胆怯的我无论如何都不能爬上去。有一回，我实在是忍不住了，就央求一个比我大的小哥哥，请他替我爬上鼓架，将那红绸布掀开，好让我将老鼓看个究竟。当那个小伙伴将红绸布掀开后，我才终于第一次看见了老鼓的真正模样：老鼓的确很大，鼓面足足有我家的老圆桌那么宽。鼓的两头分别钉了一圈密密的铜钉，将两张牛皮牢牢蒙在上面，最为神奇的是，两张鼓面上还分别绘了神秘的图案，其中一张鼓面上绘的图案极像一只小鸟，另一张鼓面上绘的图案则像一个鸟窝。我们小孩子哪晓得那是什么，直到好多年后，我成了人，才知这两幅图案画的其实是男女性器。看不懂这神秘的图案倒不要紧，要紧的是我与小伙伴将老鼓瞧了个够后，爬上鼓架的那个小哥哥，却怎么也不能用红绸布重新将老鼓包裹起来了。当大人们发现老鼓的红绸布被人掀开后，我和闯了祸的小伙伴们自是挨了父母一顿好打。从此，我们便再也不敢去祠堂里玩耍了。

老鼓大部分时间就这样被供奉着，也总是沉默着，只有村里去世了某个人，就会按例在祠堂里为亡人闹丧。一般在出殡的头天夜里，村人们都会聚集到祠堂里，围着一堆熊熊的大火，有人就会将老鼓取下来，用两根桃木做成的鼓槌，咚咚咚咚地敲起来，声音低沉而又浑厚，如同从地心里冒出来的声音一般。随着阵阵鼓声的响起，有人就会和了鼓点的节奏，幽幽地唱起了孝歌。

这歌声必定是要唱上一整夜的，常常是你方唱罢我登场，你唱累了我来接，擂鼓和唱歌的人可以轮流换，但鼓声和歌声是万不能断了的。唱到动情伤心处，亡者的亲人便会号啕大哭，呼天抢地，悲伤欲绝。

每年清明这一天，是老鼓被敲响的另一个时候。这天，村人们定会早早抬起老鼓，来到村后的祖坟地里，将老鼓搁在我们村那位弃官归隐的老祖宗的墓碑前。然后，人们便在墓前摆上祭品，燃起香烛纸钱和鞭炮，齐齐跪拜于地，三叩九拜，举行隆重的祭祖活动。不过，这次老鼓不是用鼓槌敲响，而是由大人们选出一个小男孩，站在鼓面跳个不停，用双脚来敲响的。这个奇怪仪式的用意可能是为了祈求祖宗们福荫我们魏家香火兴旺，后继有人吧。反正在我们小孩子看来，哪个小伙伴若被选中到老鼓上用脚敲鼓了，那他这一年，便成了我们的小英雄，必定备受伙伴们的羡慕。我曾经就被选上了一回，还记得当我站在鼓面上胡奔乱跳，用小小的双脚敲响起老鼓时，那咚咚咚咚的鼓声真是让我狂欢不已。我蹦啊跳啊，恍惚中竟以为这阵阵鼓声就像从我的心灵里发出来一般，震天动地，让我的小小魂儿都像出了窍。好多天都过去了，夜里我还常常梦见那狂欢的情形，甚至直到如今，那撼人心魄的鼓声似乎还犹在我的耳边缭绕。

时光荏苒，世事沧桑。说到如今，我真是有好多年没回故乡了，据说村人们为了挣钱，大都南下打工作鸟兽散。故乡已差不多成了一个空空的荒村，也不知那老鼓还在不在，还有没有人去敲响它？

苦莲

******

　　爷爷的爷爷曾是我们村一位有名的秀才，读了一肚子的古书，写得一手好文章。可惜他生不逢时，二十多岁考中秀才，没过多久，皇帝老子却倒台了。接着，便是天下大乱，手无缚鸡之力的他，只好委屈自己做了一个私塾先生，过起了遁隐乡野、与世无争的生活。好在他教书有方，人品又极清直，赢得了四乡八里的敬仰，也算没白活一回。

　　我家这位老先人的书房后面，有一个至今都还存在的小小水潭，潭里长满了碧绿的莲花。作想这位末世秀才每每临窗吟诵之时，或"接天莲叶无穷碧，映日荷花别样红"；或"荷风送香气，竹露滴清响"；或"秋阴不散霜飞晚，留得枯荷听雨声"……倒也极符合他那份书呆子的心境。据说，这位老先人除了喜欢莲花的如梦仙姿外，平日里，他还极爱喝那苦丁丁的莲心茶。为此，在他书房的门楣上，至今都还刻有"苦莲斋"三个狂草不像狂草、行书不像行书的大字。不过，这位老先人去世后，由于家里再没有谁愿意继承他的衣钵，以教私塾为业了，这书房便成为一间普通的卧房。待我父亲长大成人时，这房子竟成了我父母二人的洞房，几年后，母亲又在这房子里生下了我。

　　小时候，我自是不晓得我家的这段历史，但我却很喜欢屋后那个小水潭。潭里仍旧年年长满了吐红摇翠的莲花，令人美不胜收，心驰神往。我们这些小孩子，啥都不懂，就爱天天在小水潭里淘气捣蛋。春天来了，潭里的莲叶还刚刚展开，清清的潭中便游满了一群又一群的小小蝌蚪，密密麻麻，像一绺绺生命的黑云，在水中荡来漾去。我和伙伴们扯几片荷叶，编成鱼篓模样，将蝌蚪捞上来，盛进一个小竹筒里。伙伴们大都会将装满蝌蚪的小竹筒背回家去，交给大人们，去喂自家的鸡和鸭。唯有我家奶奶向来爱信佛行善，她便总是叫我将竹筒里的小蝌蚪重新放回到潭里去。夏天水潭里荷花开了，我和伙伴们又会偷偷摘下很多粉红的花朵，将一片片花瓣掰下来，当成一只只美丽的小船儿，放到河里，任其随水漂去。

尤记得到了采莲时节，爷爷定会将一担担结满了鼓鼓莲子的莲蓬挑回家，放到堂屋里。白天，奶奶就领着孩子们，忙着将一粒粒饱满的莲子抠出来，铺到簸箕里，放在日头下晒一晒，最后再剥开莲子，一粒粒白色的莲米就呈现在了眼前，叫人喜不自禁。当然，这时的莲米还不能煮着吃，因为还有很苦的莲心没有挑出来。这是件像绣花一样细致的活儿。晚上，奶奶总会盘腿坐在一片又圆又大的莲叶里，一手持了一颗小小银针，凑在一盏暗淡的油灯下，仔细地将每一粒莲米的莲心挑出来。我最喜欢看奶奶挑莲心的动作，在昏黄的灯火中，一下一下的，那姿态很动人。我瞧着瞧着，就扒在奶奶身旁的莲叶堆里睡着了。有时在睡梦中醒来，朦胧中还见奶奶仍在专注地挑着莲心。很晚了，白亮的月光从天井里射下来，如一汪圣洁的清水泻在奶奶的身上，极似一尊慈祥的佛。

白白的莲米从前是舍不得吃的。听奶奶说，在过去，爷爷会将莲米背到很远的县城去，全部卖给中药铺子，再将换来的钱购买贵如金子的盐巴，挑回来，用于接济一家人的清贫生活。后来日子一天天好起来了，奶奶便将莲米或用于走亲访友的珍贵礼物，或用于过年过节时的珍贵菜肴。只有莲心，奶奶才会舍得拿出来，给喝上了瘾的爷爷泡茶喝。我常常看见爷爷抓一大把莲心放进一只粗糙的大茶罐里，将一锅滚热的开水冲进去，片刻，随着缕缕绿云样的汁液云山雾海般轻轻散开，那些早已干瘪的莲心竟然被热水泡开，一根根、一排排，好似从梦里醒来的精灵，一晃一晃，开始舒展起细细的绿身子，像跳舞一样，在水里一沉一浮，好久好久才全部卧在了罐底。这时，爷爷才迫不及待地大口大口喝起茶来，喉咙里都咕嘟咕嘟直叫。羡慕得很，我也常爱捧起茶罐尝上一口，结果总是不忍其苦，以至于连黄胆水都呕了出来。奶奶在旁见了，总是和蔼地笑着说，不碍事，不碍事，莲心苦是苦，却最能养心啊。

　　或许受了爷爷的耳濡目染吧，如今莲心茶也成了我生命中不可缺少的一部分，早也喝上了瘾。每每夜深人静，独坐在异乡的书房里，我总会泡上一壶清苦的莲心茶，细品慢呷。这虽没有了老先人那份月白风清、枯荷听雨的古雅潇洒，也没有了爷爷那份无拘无束、粗犷豪饮的痛快自在，因了血脉相连，我却仍能品尝得到那最本色的生命真味。

云上的年轮

苦竹

******

苦竹长得矮矮小小，与灌木杂草混在一起，很不显眼。她的身杆又细又瘦，节也生得很密，极似铁硬的鸡骨头。她的叶子青中带黄，间有斑斑白迹，稀稀拉拉地挂在铁爪子似的枝头上。

苦竹天生既是一副营养不良的模样，自然也就入不了画、进不得园了。只有明代一个叫陆树声的文人写了一篇名叫《苦竹记》的文章，她才终于因文而传，渐被世人知晓。可惜，陆树声在他的文章里却将苦竹的笋写道："独其味苦而不入食品者，……而苦者虽弃，犹免于剪伐!"其实，陆树声是误会苦竹的"苦"了，她的笋苦是苦，却完全可以当成一道好菜煮了吃的!

在我们山里，每逢春天，头戴花帕的山里女人必成群结伴，背着圆溜溜的小背篓，爬到高山陡岭上，去扯那刚刚冒出地面的苦竹笋。将苦竹笋一篓篓地扯回来，家家户户便都聚在堂屋里，一边说笑一边剥笋子。看见母亲和姐姐们在忙着剥笋子，我就会像只小狗一样，这里拱一拱，那里钻一钻，时不时偷几根剥好的笋子，跑到奶奶身边。奶奶便会替我将笋子埋进火塘里的热灰里煨着，不一会儿，便熟了，扒出来，将灰吹干净，吃进嘴里，哪还有什么苦哟，满嘴都是鲜鲜的清甜!

苦竹的笋子剥好后，母亲照例先是用滚开的热水来汆一汆，然后又放到清泉水里反复漂几次，这时苦竹笋褪尽了她的苦味，下到锅里和油一煮，当然最好是从火塘上取一块熏腊肉来一同煮，那就真正成了我们山里一道名副其实的山珍佳肴了。我敢说，明人陆树声一定是没有吃过这道菜的，否则，他就绝不会写成那样一篇《苦竹记》了。

苦竹身杆和叶子虽不成气候，但她的根却很有韧劲，很有内功。在黑暗的土里长得又粗又长的竹鞭，绵延曲折，纵横交错，你连着我，我牵着你，像一张巨大的网，差不多将整座山都网罗其中了。我们山里的老头们最喜欢挖来苦竹鞭做成长长的烟斗。爷爷说苦竹鞭的头部又硬又大，最适合做烟斗盛烟的烟锅头，烟不仅装得多，吸了过瘾，而且还经得敲击，不易开裂。而吸着的烟，味道也会更加清爽软绵。——爷爷说，这完全是因为苦竹的苦味滤尽了烟火气的缘故。

我们村后的山上因为长满了苦竹，便被唤作苦竹岭。小时候我很爱逃学，其实就是迷恋这片苦竹林的缘故。我最不喜欢枯坐在课堂里，听老师用很重的土话口音教我们读"人、口、手"，心里最向往与伙伴们去苦竹岭玩耍。在岭上的苦竹林里，我们可以无拘无束地玩捉迷藏、打野战的游戏；也可以尽情地伏在草丛里，听斑鸠、画眉、山雀和竹鸡躲在竹林里欢快地鸣唱；还可以躺在竹山里，看白云在蓝天上悠悠地飘荡，日光将云影投下来，从我们头顶缓缓移过。很多时候，我也总爱一个人偷偷从学校里逃出来，跑到苦竹岭，独自一个人在苦竹林里玩耍。我一个人东游西荡，看一片竹叶上的晶莹露珠，我也会看得发呆；瞧竹杆上一只黑甲虫的爬行，我也会瞧上半天。反正在竹林里我就会觉得无限自由和快乐，哪怕是只身一人，我也不会觉得孤独。有一回，我玩累了，竟迷迷糊糊地睡在了苦竹岭上，等我醒来时，天已完全黑了，好在月亮很大，将竹林照得一片雪白澄朗。我借了月光的照耀才跌跌撞撞地回到家。

读了书后，我才知道竹在植物学里属禾本科多年生木质化植物，也就是说，竹其实是一种草，而并不是木。好多年来，我都以为她是树！曾经听老人们说，竹子是不能开花的，一开花，就会成片枯萎死去，同时还是一种"不祥之兆"，会给人们带来天灾人祸。有一年，我们村附近的好多毛竹都开花了，竹林成片成片地死去。奇怪的是，唯独苦竹岭的苦竹却一棵也没开花，一棵也没死去，依然四时青翠，凌霜傲雨，我们村那年也没发生什么灾祸，人们都说这一定是苦竹显了神力，保佑了我们村。

那年，我终于要离开故乡，去外地读书了，就在我离开老家的头天傍晚，我一个人来到苦竹岭，偷偷地哭了一场，我实在是舍不得离开故乡，离开心爱的苦竹呵。还记得我还特意挖了一个小土坑，亲手种植了一棵小小的苦竹，以示自己的不舍之情。可是后来我重回故乡，再次来到苦竹岭，却怎么也找不到我种下的那棵小小苦竹了，也许她已长得和别的苦竹一模一样，也许她早已凋枯死去了，只听见满山传来阵阵风吹苦竹的铮铮鸣声，如龙吟鹤唳，直颤我的灵魂。

血
河

******

血河是这样一条河：小小的，在地图上你一定寻觅不到；它只隐伏在那深深的峡谷里，受了山的约束，且弯且瘦，仿若一根生命的脐带，裸露于天地，极自然地顺着山向走势，默默地流。

也许是得了天光地气的灵性，抑或是承了日月星辰的光华，血河虽小，却美得可人；不说青青的山，芊芊的草，也不说悠悠的云，习习的风，单说这清澈的河水与乖巧的小鱼，便足以勾住你的魂！水势澹澹，河水愈益透明，平整处，抖抖地平铺于河石上，日光激射，恰似泼了一片水银；凹洼处，则聚水为潭，无论多深多大，也定可见底。丢一粒小石，会像看慢镜头一样，看它以一个极慢极慢的速度缓缓下沉。偶尔有树叶、有野花飘落，只是静静地空浮在水面，似乎并不见水的依托。河里的鱼自然极多，却大都躲在石罅中，只有少数胆大的，晃着身子，勇敢地吐着水泡，欲与人逗乐。也有静伏在河石之上的，一动不动，如同一块生命的结晶，任你细数它的鳃须与甲鳞。

血河不仅这般地美，而且又是这般地神奇。血河的水虽然清澈无色，但血河里的石头却大都显现红色。或暗红、或紫红、或火红，杂色的几近全无，开始以为被什么染上的，试着敲碎一块，碎块也全是红色，于是就疑心这石头并不为石头，而是一种什么血液的凝聚，但哪又来这么多凝固的血液呢？面对这满河的红色石头，实在是找不出什么科学的观点来作出解释，只好从传说与神话中去寻找缘由——相传在很久很久以前，这里并没有山，也没有河。只有九头狮子躺在这里睡觉。它们睡呀睡呀，不知睡了多少年头，鼾声如雷，竟传到了天上，惊动了天宫里的一条小黄龙。小黄龙发了怒，便下凡来找九头狮子算账，在这里进行了一场残酷的格斗与厮杀。一直持续了九天九夜，结果竟谁也没有打败谁，却都化作了山：九头狮子变成了一座傲然独立的山峰，小黄龙则变成了一条长长的山脉，它们身上的血液流成了一条河，人们就将这条河叫血河。又不知道过了多少年，血河里的血水慢慢沉淀，就凝固成了河中的石头。

俗云："有水处必有人家"。血河这般美丽，这般神奇，自然也不能没有人家。顺流而下，血河拐过一山梁，绕过一小湾，突然就豁然开朗，潇潇洒洒地流入一平谷，其实也还是一座小山，只是稍稍平缓了一点罢了。但见两岸茅屋如垒，桃柳成荫，石桥卧虹，比起世外桃源来稍欠繁华，但也可称得上是个好居处——这正是血河岸畔唯一的血河寨了。

血河寨其实也是我的故乡。我们村坐落在血河的岸畔，风光自然也是好看得很。那踞临水边的吊脚楼，那村中小潭的荷花，那亭亭玉立的垂柳，那虬枝苍劲的古枫，在炊烟与落霞的缭绕和辉映下，活脱脱就是一幅山居水墨画，或是一支优美的田园协奏曲，给人以遐思，以享受。这真是一块福地呢！因了这山水的滋润，故乡的人们也是同样的善良与美丽！女人美得个个似人精，但又各有各的姿态，各有各的个性：有美在苗条的，有美在丰肥的，有美在文静钟秀的，也有美在泼辣大方的。即使有谁脸上生了一豆大的黑痣，也绝不会生错了地方，显得难看，相反总是生了个恰好，玉中藏瑕更为美丽。男人则美在虽个性各异，却又个个如一：都有着山一样的身躯，健壮如牛，吼一声如虎啸狮擂；都有着血河里石头一样的秉性，刚烈而富有血性，一锤砸下去，会冒得出火花。男人与女人外表和个性都是这般的美，可贵的是，他们的心地也是极其的善良与淳朴：都如血河里的水一样，极清纯，不掺一丝儿污垢。女人有水一样的柔情，水一样的心灵。没有谁与谁脸红吵嘴的，我们村只有歌声、笑声与心平气和的交谈声。偷盗、抢劫的事从来就不曾发生过，我们村家家都没有锁，即使有，也早生了锈，成了摆设与道具。都是一个村的人，谁不知道谁的心地与秘密呀。大家的心地里压根儿就不曾有过什么恶念与歹意。

故乡的风景如此的美丽，故乡的人们如此的美好与善良。但遗憾的是，故乡却又实在是贫困。血河的岸畔之所以就只有我们一个血河寨，究其原因，便是因为血河两岸根本就不适合人们的生存与居住。山又高陡，土又瘠薄，更不必说交通的闭塞与文化的封闭了。我们血河寨远离城镇，距最近的桥头乡政府，都有四十里山路。一年半载，难得见到生人。故乡的人们出门是爬山，进门也是爬山。种田不能种在岸畔（岸畔太陡），只有在那半山腰处开辟一块块巴掌大的梯田，层层叠叠，活像老人们额上的密密皱纹。山中气候寒冷，水稻只能一年种一季，产量又不高，便只好刀耕火种，开垦荒地，往那陡陡的山崖上放一把野火，用锄头挖呀挖，挖得手心的血烂了又烂，挖得背驼了又驼，才将那乱麻似的树根挖净。然后撒上玉米，栽上红薯。大半年的粮食就全指望这半壁山崖了。倘若遇上灾荒之年，颗粒无收，只好返到原始社会，全村人都过起茹毛饮血的生活。在这样的地方世代繁衍的人们，与其说是一种生活，不如说是一种苦难的抗争吧。

感动的是，故乡的人们却从来没有埋怨过这块苦难的土地，也没有谁埋怨过这种苦难的生活，更没有谁羡慕过山外的繁华和文明。全都认为这一切本来就是如此，似乎这是他们的一种与生俱来的使命与职责。随着时下的打工热潮，人们无不纷纷南下而去，作鸟兽散，可是我们村的老少们却无动于衷。对工业文明似有一种先天的排斥与拒绝。缘于这种对心灵圣洁的捍卫，他们甘愿永远与苦难同行！这正是我们血河寨的

云上的年轮

遗训与村规。听村里那位戴老花镜的老爷爷说，我们血河寨的祖先原本是一位朝廷的高官，什么荣华富贵都享受过，只是后来，他受了朝廷奸臣的陷害，遭到了排挤与冷落，便厌倦了人世的声色犬马、虚伪欺诈与浮名臭利，怀着心灵伤痕的阵痛，携家带眷，隐居到这血河的岸畔。他发现这血河的清澈与美丽，正是对生命原义的最好诠释：源于苦难的沉淀，血的凝固，终结于单纯与澄明，灵魂因此而静美，心灵因此而圣洁，生命因此而博大！我们的老祖先体会到血河所暗藏的这一道禅机，便认定它是一条神奇的河，发誓要让自己的子孙后代永不要离开这条血河，这块土地。要告诫后人永远都要视血河为神灵，以施洗心灵的污垢与混浊。为了这，故乡的人们还在血河的岸边修了一座河神庙，为血河塑了一尊河神，祖祖辈辈都要祭祀下去。

　　我们血河寨的这位老祖先早已作古，可他的遗训却一代又一代地流传了下来。河神庙的香火也从来没有断过。人们把对血河的虔诚早已升华成了一种信仰。我们寨的任何一个人从生到死，都不能离这血河。刚一从母亲的肚子里落地，接生婆的第一道程序，便是抱着血淋淋的婴儿放进盛有血河之水的木盆里施洗第一个澡。听老人们说，只有用血河的水施洗了第一个澡，孩子长大后，才能附上血河的灵光，心灵才能永远圣洁与美好，性格才能像龙似狮。孩子长大后，到了婚嫁的年龄，女子，必到血河里沐浴、洗发，以表自己永不能忘了对血河的膜拜与虔诚。男子，则必要在洞房花烛的头一夜，下河去洗一个赤身澡，以祈求河神保佑与恩准。至于寨里哪个老人死了，手续更是繁多。先是用血河的水沐浴抹尸，后又是将尸体抬到河神庙做道场三天，最后才入土为安，抬上山埋葬。葬的方式也是不能随便的，不管葬在哪座山头，一定要正对着血河，只有这样，才能使亡人死后安宁。

　　我们血河寨的每个人不仅一生一世离不开血河，就是寨里每一年的庙会，也全是为了祭祀血河。每年的正月初六至初九这三天便是我们寨的庙会节。这实在是一次盛况空前的活动。全寨子的人都要放下一切活计，涌入到河神庙的河坪里跪拜在河神的膝下，齐声祈祷，没有一个人不是虔诚至极的，在那齐声祈祷声中，再卑鄙的心灵，肮脏的灵魂都会得到洗刷与升华。祈祷之后，便是舞狮与耍龙。舞狮有两种，一文狮，一武狮，文狮四只，武狮五只，合计刚好九只，每只狮又由两位年轻后生装扮，由一位逗引，龙却只有一条，用黄绸做身，彩泥塑身，好不威风，共由九人持枚挥舞——这自然是依了那远古的神话来进行的。在一片咚咚咚咚的锣鼓声中，惊心动魄的"龙狮相斗"开始了！九只猛狮将小黄龙围成一圈，有腾空而扑的，有翻地扫足的，有跃跃待飞的，随着锣鼓声的急剧响起，战斗也逐渐激烈起来：九只狮死死地将小黄龙缠住，眼看小黄龙就要俯首就擒，就在这紧要关头，小黄龙一声猛吼，腾空而起，将九只狮摔了个正着，小黄龙自空中跌下，竟仍没死，而是游进了血河中，耍龙的九位年轻后生开始在血河里大声狂叫，拍着水花，念着我们寨的人才能听得懂的咒语，大意全是小黄龙你化作了血河的精灵，一定要给我们保佑之类。这惊心动魄、精彩绝伦的"龙狮相斗"当然是汉子们露脸的绝活，但女人们也不甘示弱，她们全都围成一圈，跳起摆手舞，一边跳，一边还有节奏地唱起来，在火堆旁，在谷堆旁，你都会看到她们的舞姿，粗犷而又多情，歌声那样地动听与美丽，如涓涓的泉水，如清清的河风，极单纯地自心底流出，没有谁的心灵不被征服的。三天三夜的庙会，我们血河寨差不多就要狂欢了。难怪童年的我爱唱："日日盼，月月盼，盼来庙会赶大场"呢！

故乡的人们从对血河的信仰中获得了心灵的圣洁与灵魂的升华，他们为血河而生，为血河而死，苦难地成就了一种神圣的使命。我是故乡的一员，血河之水早滋润了我的心灵，我又怎能忘记对它的虔诚膜拜呢！

记得小时候，听奶奶说，母亲生了三个姐姐后，奶奶害怕母亲再生女儿，断了爷爷的香火，便偷偷地跑到河神庙里对河神许愿，说只要给她送一个孙子。她一定要将孙子认河神做寄父。奶奶许了愿，母亲果然就怀上

云上的年轮

了我，十月怀胎，瓜熟蒂落，奶奶喜不自禁，便在我满月那天，将我送给河神做了干儿，那一天奶奶还特意将我丢进血河，洗了一个净身澡。又过了没多久，奶奶替我看了八字，恰说我是河神之子，属石，水命，我的右耳还有河神穿的两个小洞，算作记号。奶奶翻开我的右耳一看，竟然真的有两个小洞，细如米粒。奶奶自此深信不疑。

我也不知道我是否真是河神之子，但我确实与血河有一种神交。我不认为这是一种迷信，我坚信生命的神秘，绝非用氨基酸、DNA、公式与数据就能论证清楚。记得小时候，我失足掉进血河若干次，曾经亲身看见我掉进血河的贱爷说，有一次就是自己走进血河里的。记忆犹新的是，有一次我掉进血河后，似乎一点也不害怕，不哭不闹，水也没灌进我的肚子里去。可惜这一切谁信呢？只有我自己坚信！

在我童年的记忆里，我自小便是一个爱耍水的孩子，为了这，我不知挨了母亲多少回打！可又谁知我对水，对血河的缘分与神交呢？

往事如烟，我也长大成了人。如今远离了故乡，浪迹客地，置身于被金钱与工业文明污染的都市，我便又要常常深深地怀念起故乡来。故乡是贫穷而苦难的，可又是美好与圣洁的。在每一次怀念之余，我的耳边就会重新回响起奶奶唤我回家的声音！有一位哲人说得好："在这世上，唯有两样东西能震撼我们的心灵，一是我们头顶上美丽的星空；一是我们自行约守的道德法则！"当都市里的尘埃愈益腐蚀着我们头顶上美丽的星空时，文明还能值多少钱呢？呵！唯有心灵的圣洁才是永恒的美丽星空！想到这里，我不禁坚信：总有一天，我会回到我的故乡的，我会重新回到血河的身边的！

呵！血河，你是一条神圣的生命之河，一条永远流在我心灵深处的河，一条给我以新生与灵魂的河！

云上的年轮

坪

塘

******

坪塘是个穷地方，山穷，水穷，人也穷。

一条仄极窄极的黄土公路穿村而过，就算是街了。平日里除了过往几辆三轮车，剩下的，便尽被农人的泥脚和牛们的蹄窝占去。整个村子皆是清一色的土墙茅屋，极不讲究地依了山根而筑，拙陋至极。

环抱着山村的自然是山。农人们在那些山石隙开辟出许多巴掌大小的田地，见缝插针地种些五谷杂粮，收获着微薄的希望。坪塘没有河，水在这里就珍贵得很了。一口不到半亩宽的小山塘全凭了储蓄雨季那么一点雨水，往往要保证灌溉好几十亩水田。常常是田在山上，塘在山脚，水自然又不能往高处流，只好用人力来担，来车。看着农人们在田间地头车水，或是担水的情景，那佝偻着的身影，衬了黄天厚土，恰似一幅人生抗争的木刻版画。

一口深达数十丈的石井就凿在那山岩石根旁，几百年了，水仍旧没枯，也仍旧没清，总是那么苦涩。外地人生喝了，或许会拉上数天的肚子。坪塘人生喝了，却百病全无，身健体壮。有一老者九十岁了，说是活了这么多年就是全靠了这口井水。看着老者那硬朗的样子，方才明白"一方水土养育一方人"的深意。

最能体现坪塘"穷"这一特色的，要数村人们的吃穿了。先说吃吧，早餐时分，只要随便往村里转上一圈，便会看见村人们那斗大的碗里尽是可照得见人影的稀粥。他们呼噜噜地喝着，金子般的阳光就照进了碗里。他们穿的也和吃的差不多，竟还有穿家织布的，染得青黑，厚过铜钱，这自然是老人们的打扮。年轻人虽说晓得赶时新，但还是不伦不类：外穿一件红色夹克，又忘了拉上拉链，里面那土得"掉渣"的布褂就全露了出来。

坪塘的确是太穷了，可就是这么一个偏僻荒寒之地，却深深地迷住了我。在此小住了一月，我是一日比一日地觉得自己的心于它已不能割舍，也愈益发现坪塘又实在是一个美秀之地了。

坪塘的山美得别有一番情趣。这些山不算是很高，也不算是很奇，但却气韵自生，曲伏有致，各有各的姿态，各有各的个性。将它们当作人来识，就会发现：有的似是老者，孤自独蹲；有的仿若官人，大腹便便；有的好似慈佛，一团和气；有的又像隐士，一身清高。而最妙的，那些蜿蜒相连的山脉，又恰像是美女卧睡，刚好悄悄地被蒙上了一袭云雾，似是梦帐一般，将该隐的地方隐了，该露的地方露了。云雾慢慢地散了，惺忪间，恍恍地，那美人似乎也要从梦里出来了。

坪塘缺水，但这并不就说明坪塘的水不美，其实坪塘的水美得也另有一番味道。坪塘多溶洞，所以水就大都流进了阴河里。随便走进一个石洞，都会听得见哗哗哗的水声，却难以看见水的身影，似乎坪塘的水是太怕羞，太谦虚了，总喜以声示人，而难露"真容"。听着那哗哗哗的水声，久久地，便以为这声音是从自己心里传来的，恍若自己心里也是有着那么一条清幽的河。

坪塘的人穷，但却很有特点。或许坪塘这地方这么穷，就是因为上天妒忌这里多美人的缘故而刻意做的安排。这里的女子如同依了一个美人模子捏出的一般，差不多个个都是人精。在这里，你闻不到都市里人造的香水味，你也看不到都市里人造的面脂面膜，但却可嗅得到比深山里幽兰还芬芳的女人的天然香味，可看得到"清水出芙蓉，天然去雕饰"的真正清秀美人。而坪塘的男子面相虽丑是丑到了极点，与这里的女子形成了一个鲜明对照，但丑到了极点，常常也就是美到了极点。所以在这里，大美与大丑正是阴阳的一对，相生相克，生命就此而诞生，而延续了。

坪塘的男人与女人虽是大丑与大美的一对，但平等的是，男人女人心地又全是一样的善良与淳朴。或许这也是穷的缘故吧。因为穷了，人的欲念也就少了，欲念一少，自然人也就没有什么贪恶、歹意了。所以，在坪塘你永远不用担心什么失财、被偷、被抢这些恶行的发生了。出门了，不必上锁，屋里的东西也不会少一件。相反，在坪塘，你常常会被坪塘人好客的热情所感动。他们虽然穷困，待客却绝不吝啬，大块大块的肉，大碗大碗的酒摆上了桌，主人见你吃了喝了，他就觉得风光得很了。古人云："三碗不过冈！"在坪塘恰是"三碗不下桌"的！那浓烈的土酒，常常是不过两碗，你就会溜下了桌，一场大醉，你陷入了云里雾里，主人过意不去了，你却说："不碍事！不碍事！'醉人之意不在酒，在乎热情间'嘛。"

看了坪塘的山，听了坪塘的水，熟悉了坪塘的每一个人，再加上喝了坪塘的纯正土酒，就不由得更加赞美起坪塘来，甚至觉得坪塘的穷，也正是美人脸上的一颗痣，完美里的一点恰到好处的瑕疵了。同时，也更加明白了越是穷寒之地，越是有好美景的道理。

如

石

******

循了记忆而去，我的童年是有一条河的。这河就叫母亲河，弯弯而又清清，款款地流过我的家门前。

河里居多的是石，较少的是鱼。石是鹅卵石，鱼是水花鱼。有趣的是，水从上流过，鱼儿停憩在水中，一动不动，却如一块静的石头；石头潜伏于水底，随了水晃荡，却又似一尾动的鱼儿。这样凝心细观，立于岸边的，不是别人，正是童年的我。奶奶说，我是火命，不能要水，否则就会被水鬼勾去。因此，我就万不敢与别的伙伴们一起光着屁股下河嬉戏，只能穿了衣裤孤孤地站在岸边看石观鱼。童年的思想一片澄明，看石就是看石，观鱼就是观鱼，断没有什么高深的思考，顶多也只是一些类似于梦幻般的可笑想法。譬如，见了石头与鱼儿，总想象它们原本是一家的：石头也是一种鱼，鱼儿也是一种石，它们都是活的生命。这样想得有味，就得意地告诉奶奶，奶奶却说我可能发烧有病了，要给我打针。吓得我以后再也不敢乱想。只牢牢记住奶奶的话就是："石头就是石头，鱼儿就是鱼儿！"

可有一回，我对奶奶的话却产生了小小的怀疑。

那是一个雨过天晴的日子，天空正横了一座美丽的虹桥。我与紫云妹妹在河边沙滩上捡石头玩。就在一株开着白色小花的水草旁，我竟拾到了一枚很神奇的石头。它圆如雀蛋，通体透明，仿佛是冰雕玉琢一般，托在掌心，细润凝肤，似乎就要化为一汪净水了。最神奇的是，石中还隐隐可见有两只像蝌蚪样的小鱼，在晃着细细的小尾，轻轻地游动着。我瞧着这枚神奇的石头，禁不住就记起了我那个可笑的想法，这石头，不正是一个绝好的证物吗？

于是，我与紫云妹妹飞快地跑回家，问奶奶这石头究竟是鱼呢？还是石？奶奶戴着老花镜在日头下照了半天，也觉得这真是奇特，无法给我确凿的回答。只好说这是一枚宝石，是神仙从天上掉下来的，被我拾着，一定会保佑我的。后来，奶奶还为我绣了一个小小的绣花荷包，将石头装在里面，用一根红线系着，挂在我的胸前，果然，以后我再也未得过什么大病，连一向爱说我呆傻的爷爷也说我比先前聪慧了。

又过了些时日，住在城里的舅舅来了。我就又拿出石头给舅舅看，舅舅也对着日头照了好久，认真地告诉我，这是一块化石，是几百万年前的一个生命沉积在地层中，经过地壳运动，慢慢而变成这石头的……舅舅说的话我似懂非懂，但有一点我是懂的，那就是说这石头在很久很久以前，真是一条小鱼样的生命！原来奶奶说它是神仙从天上掉下来的，其实也不对呢。

但不幸的是，就在我六岁那年，我竟将这块神奇的石头弄丢了。奶奶最为心痛与着急。她踮着裹脚，四处寻了又寻，找了又找，结果仍是未有发现。最后，她只好自作主张，认为是火命生，有石缘，丢了宝石，只有认个石头寄父，才能消灾祛病，得到保佑——认石头做寄父，正是我们山里人的一种习俗。哪家的孩子有病哭闹了，就上山寻块石头，烧香化纸，请巫婆画符作法，让小孩对着石头磕三下头，喊三声"爹"，就好了。

奶奶替我寻的寄父石就踞在我家屋后的山上。它的周围是一块如茵的草地，是孩子们放牛的好地方。这石头约莫有一头小牛那么大，形状也很特别，恰如一尾搁在岸上的鱼！有头有尾，也有鳞。颜色又是火红一片，近观似一刚出炉的红炭，远看则若一堆熊熊的烈火，人们就叫它为"火鱼石"。奶奶说我是火命生，只有它才与我最为相生，才能给我保佑。在奶奶的安排下，我向它磕了三下头，喊了三声"爹"，它就成为我的"寄父石"了。照奶奶的设想，有了这"寄父石"，我本应是快乐与幸福的。相反，它却给我带来了许多痛苦。自我的小伙伴们知道"火鱼石"是我的"寄父石"后，竟都开始了对我的嘲笑与戏弄。

每天我与他们来到山后的草坪放牛，他们就要讥讽我，笑我是"火鱼石"的干儿。有的往石上吐唾沫，不怀好意地诅咒"火鱼石"快些烂掉；有的还妒忌性地爬到石上去，掏出小鸡鸡，往石头上撒尿，说是给我的"寄父石"喝尿。更有甚者，还拾捡石子往石上练打靶，将我的"寄父石"砸的满身伤痕，惨不忍睹。面对这一切，我常常就要奋起抵抗，或与他们对骂，或与他们打架。虽然寡不敌众，最后自是我吃亏，但我却像一位"真的猛士"一般，从未有投降过。

记得有一回蛋儿爬上我的"寄父石"，两脚掰开，做骑马状，说："××的干爹在我的胯下呢！"逗得大家像看客般地哈哈大笑。我不禁怒火顿起，"呼"地冲上去，就与蛋儿对打起来。他揪住我的耳朵，我扯着他的头发，都死死地，缚在一块儿，忽然，两人一个踉跄，全跌了下来。石头旁边刚好是一蓬荆棘，他被划破了脸，蛋儿疼痛得哭了，我却没有。

还有一回，虎仔欺我单薄，比他小，竟当着我的面，在我的"寄父石"上涂牛粪。我趁他不注意的当儿，拾起一块石子朝他射去，将他的脚击伤了。他就追上我，把我打翻在地，按着我的头，往我的"寄父石"上撞。结果我磕破了两颗门牙，流了好多血，全凝在石上，变成一片乌黑。

而每每受了小伙伴们的欺侮后，我就不由得想起先前那块被我丢失的化石。它给了我多少快乐的幻想呵！就像一个混沌而又空蒙的梦！沉重的痛苦！儿时的我，怎能承受得了呢？可奇怪的是，我那时却并不因此而怨恨奶奶的不是，更没有厌恶我的"寄父石"。只是，有那么一丝无奈与悲哀而已，仿佛这一切都是一种人生的必然。

流水落花。随了自己渐渐长大，童年于我也愈益模糊。该忘记的我早已忘记，不该忘记的我也大半不能记得。可唯有这两块石头，我却从未敢忘记。虽说，化石早丢了，我已无缘相见，但"寄父石"却还在，前年我就回去见过一次。

童年如石。

人生如斯。

花事

******

　　二月里，大姐姐要出嫁了，她就整日躲到桃树下一个人哭。桃花正开得热闹，大姐姐也哭得伤心。我与紫云妹妹去劝她，她却说："你们晓不得我的心思哩，你们去别处玩吧！"

　　我与紫云妹妹只好去奶奶的花棚下拾紫藤花。紫藤花真好看，一朵一朵的，似一只只紫色的蝴蝶憩在花棚上，重重叠叠，又如落下的一床云。悄悄有风而来，这些花之精灵便纷纷从云中翩翩坠落，铺满一地。我们一朵一朵拾起来，放进花篮，送给奶奶。奶奶将它们装在枕头里，夜晚我们便可做许多关于花和蝶的梦了。

　　常常是梦未做完，天就大亮。爬上窗格子往外一看：呀！昨夜落了好大好大的雨哟。桃树下、花棚下，尽是满满的落红。有的躺在水洼里，有的沾在草地上，红消香断，凄凄清清，真是一派惨凉。更有那漂到河里，付与流水的，全不见往日的颜色，无可奈何地任水东去了。我就喊奶奶，嚷道："花去了！花去了！奶奶快给我捞住呵！"奶奶笑道："花去了就去了，有什么要紧的，明朝还会开的呢。"大姐姐却羞笑我，说我是大黄狗，只晓得睡懒觉。我便羞她昨日到桃树下哭。大姐姐的脸倏地绯红，忙急急逃进吊脚楼。

云上的年轮

吊脚楼刚好临水而筑。棚栏上垂着一簇常春藤，也缀满了白色的小花。楼下有人在吹木叶，如凤鸣鹤唳，从藤丛间透出来，传进大姐姐的耳朵里。我知道吹木叶的，正是山那边的山宝大哥。他常给我捎来山葡萄与锦鸡毛的，对我好得很。大姐姐并不理他，他却吹得痴情，似要将满腹的心思儿都吹出来一般。晨曦从薄雾中激射下来，漏进大姐姐的窗棂，也洒在山宝大哥的身上，一切都是那么的美丽与动人。

这样的日子正好可随奶奶去水月庵求佛。水月庵实在是个好去处。自村头往南行约三里，便是轿子山。轿子山上有一别致古屋，便是水月庵了。水月庵的玉净大师与奶奶是儿时好友，对我极其疼爱。每去，就要给我干豆腐吃，用手抚摸我的头，夸我聪明。我与奶奶，还有紫云妹妹半晌才到。玉净大师早就临门迎接了。她拉着我与紫云妹妹的手，笑容可掬地将我们让进庵。我与紫云妹妹早熟惯了，一进庵，就往后园里跑，后园的桃花、梨花也纷纷扬扬地在开，十分好看。我与紫云妹妹却只在树下专心地听鸟叫，鸟儿都躲在花丛间，难以看清，唯听见它们婉转的丽声，如同天籁一样，与飞花一同飘下来。真疑心是到了仙境！后园里还种着许多萝卜与韭菜，一片青葱，有一位叫玉洁的小尼正在扫着落花。她向我们招手，我们来到她身边。她竟拿出两只美丽的花环，戴在我们的脖子上。拍着手，笑我们是一对小夫妻呢。我好不得意，呵呵傻笑，还拉着紫云妹妹的手，叫她叫新娘。紫云妹妹却恼了，她使劲挣脱我的手，跺着脚，将花环从脖子上扯下来，摔在草地里，挥袖径去。我知道她是去寻奶奶告我的状，慌了，便急急地追着她，拦在路中央，向她认错。玉洁姐姐也赶来，告诉她这是闹着玩的，莫生气，她才破涕为笑。

我们便又到后园旁的井边玩耍。井是古井，全由青石砌成，约莫有好几百年之久。水却澄清得可人，还冒着淡淡的热气。听奶奶说，她小时候最爱与玉净大师到这儿来玩。那时，玉净大师还未出家。有一回，她们来井边浣洗，玉净大师不小心掉进了井，恰遇到一个年轻的樵夫路过。樵夫跳下井，奋力将她救起，自己却沉入了井底。不想，这樵夫原是一孝子，家中还有一瞎眼的老母，老人听说儿子没了，便寻觅到此，也投了井。玉净大师知道后，就出家当了尼姑。

我与紫云妹妹趴在井台上，探头看井水。水里有两条一大一小的鱼儿在浮游。它们时而嬉戏，时而亲昵，全然不知我们的窥视。水面忽然落下几瓣素白的花，一惊，它们便一下子游到水底，没了踪影。

我们正待遗憾，奶奶竟寻来了。她见我们趴在井台上，像掉了魂似的边喊边骂。我们只好悻悻地跟她回庵。庵里玉净大师正在敲木鱼，玉洁姐姐倚在旁边阅经书，见了我们，抿着嘴笑。玉净大师就立身跟奶奶道别，说奶奶今天好运气，为孙女抽了枚喜签，真是要恭喜的。原来，奶奶今天来求佛的，是专为即将出嫁的大姐姐抽喜签来的。看见她们高兴的样子，我与紫云妹妹不禁也欢喜得要命。

在回家的路上，奶奶也许是太高兴的缘故，摘了一朵小花插在覆霜的头上，对着我们开口笑。我们从未见过奶奶这么美丽与开心，于是拍手称快，一阵春风拂来，竟惊动了一树花。

祭 月

******

一到夜晚，我们这些孩子闲得无事，就来到河坪看月亮。月亮常常是出来得很迟的，我们等不及了，便一起唱起歌谣——

月亮光光，月亮球球

这边有条水牛，那边有条黄牛

牛要过滩，踩死蚂蟥

蚂蟥告状，告到月亮

月亮光光，你快快下凡

……

这样唱着唱着，月亮果然就拱了出来。她圆圆的，洁洁的，如村头的那眼古井，又似奶奶的那面铜镜，竟把整个夜晚都照的雪白。

她照到山上，山上就蒙了一层光华；她照到河里，河里就洒下一片碎银。我们想用手去接住这光华，这碎银，却怎么也不能，只有空空。云儿飘过来，恰好半遮半掩地把月亮裹住，像梦纱一般，缥缈而又虚幻。我们也差不多就要翩翩而羽化成仙了呢！

许久，我们才终于从迷醉中回过神来。紫云妹妹便问我，这月亮究竟是什么？我说，她是个宝。紫云妹妹说不是，去问奶奶，奶奶说月亮是个神，能保佑我们，使我们更聪明。我们高兴了，就开始与伙伴们捉起迷藏来。我藏在一个草垛下，月亮刚好挂在草垛的顶上，正偷偷地瞧着我。我便对月亮悄悄说话，叫她保佑我，别被他们捉住。就在这时，桂仔却发现我了，正轻手轻脚地向我摸来，我心里一惊，转身就想跑，不料脚下一滑，"扑通"一声，我竟跌到河里去了。我是根本不晓得游泳的，在河里，我只好双手乱摸，两脚乱蹬，眼看就要没顶。就在这紧要关头，小哥哥不知从哪儿游到我身旁，拉住了我的一只手，使劲将我往岸边拖，不一会儿，便把我救上了岸。我的全身湿漉漉的，肚子里也灌了好多水，早已不省人事了。一直到大人们赶来，七手八脚地弄了很久，才将我弄醒。我轻轻地睁开眼，看见月亮仍然圆圆地嵌在天上，就喊奶奶。奶奶正在抹眼泪。我告诉她，我是看着月亮才跌下河的呢。奶奶大惊，说我恐怕是犯了月忌，中了邪，要祭一祭月亮才好。

于是，奶奶急急地叫人请来了会使道术的贱爷。他头戴一顶极高的黑帽，身披一件极长极长的道袍。道袍的前胸与后背都画了两个一般大小的阴阳太极八卦图，神秘兮兮的。只见他走到我面前，捧上一碗清水，口中念念有词，对着月亮，一个下跪，磕了几个响头，就转身将水轻轻地洒在我的身上。接着，他又叫我将外衣脱下，用手指在衣上神秘地画着一些奇怪的图案，停了一会儿，就抽出那柄长剑，乱挥乱舞，似在与谁厮杀。忽然，他挥剑朝我的衣服一刺，兀地停下来，可怕的是，剑锋上竟渗出许多血痕！贱爷却一动不动，如僵化了一般，原来他已疲倦到了极点，没有什么力气了。待贱爷好不容易恢复过来，告诉奶奶，说我真是犯了月忌，中了邪呢。说着，他就将剑刃上的血痕拭去，叫奶奶将我的外衣藏到水缸里去，万不能再穿。奶奶一一如实照办，一直折腾到半夜，月亮快下山了，贱爷才说好了。

哪知第二天我因受了风寒而病倒了。我发着高烧，迷迷糊糊中一个劲儿地喊"月亮！月亮！"奶奶心急如焚，赶紧给我去找医生。待我吃了药，打了针，不几天，我真的就像以前一样健康了。又到了夜晚，紫云妹妹问我敢不敢去看月亮，我怎么不敢？月亮已经是我的了呢！紫云妹妹不信。我就带她到我家的菜园里去看。菜园里奶奶种有许多白菜与南瓜，一片青青绿绿。就在菜园的一角，刚好蹲着一个大水缸。水缸里盛着许多水，满满的，星星与月亮就映在缸中。借了月光，还依稀可见缸底有一个小孩背影样的黑影，这正是我的那件外衣，奶奶竟把它藏在这里了！我对紫云妹妹说"你看，月亮落在我家的水缸里，不就是我的了吗？"紫云妹妹疑惑不解，看看天上的月亮，又看缸里的月亮，说："怎么会有两个月亮呢？"我说："这两个月亮本来是一个月亮，她一会儿在天上，一会儿在缸里，是与我们捉迷藏呢！"紫云妹妹听了，又瞧了瞧水缸底上那团背影，终于有所悟，说："哦，月亮原来是被你那天从河里捞到缸里来的呢！"我一听，不禁也像明白了什么似的，说："正是，奶奶还说月亮以后再也不会离开我了呢！"

　　我们这样说着笑着，奶奶刚好来了，她疼爱地说：

　　"傻孩子，月亮既在天上，也在缸里，还在我们心中呢！"

　　奶奶说的极是，我现在都还记得。

云上的年轮

牛
山

******

　　推开窗，映入眼帘的便是一座山，如一头孤卧的老牛，一卧就是几千年，几万年，久久地、久久地怅望着远方。

　　人们就叫它卧牛山。母亲河恰好从它身旁流过，卧牛就有了元力，有了生气。它并不高，却给人以威严；它并不壮，却给人以精神。远远地，它只是一堆瘦骨嶙峋的顽石而已，光光地，没有一点儿泥土。花是不去的，嫌它太瘠薄；鸟是不去的，嫌它太荒寒。然而，这正好给了它一份实在与朴素。

　　有风而来，飘的是云，摇的是草，卧牛山岌岌地，似乎就要站立了起来。卧牛山就在这欲立未立间，永恒地定格成了一道历史的风景，令我每天总要对窗做长时间地观望，做久久地思想。

　　牛是何物？一种忍辱负重的动物？一种远古人类的图腾？一种十二生肖的特定符号？我似乎就听到了农人赶牛耕耘的鞭策声，听到了远古的人们在牛的图腾面前的狂欢呐喊和呜呜的牛角声了。我不知道为什么牛就在此化山而卧了，是它太疲惫了？还是现了它本来的原形？它或许是从耕耘中走来，从远古中走来，从角斗场走来，在此做短暂的休憩，做遥远的回首吧！

云上的年轮

我太浅薄了，竟无从读懂这座山！我只知道山就是山，却不知山还有如此深刻的意象，把卧牛山看成是一头牛，却不知道这山本身就是一头牛，这牛本来就是一座山！我太无知了，竟不晓得上下五千年，也记有着牛的历史！憨厚的牛啊，你也曾摆过火牛阵，拉过君王车，你也曾殉葬于墓陵，祭宰于神台！默然的牛啊，你拉着历史的犁铧，耕耘着这片苦难的热土，一直耕耘了五千年，一直到今天！你终于卧下了，你在准备下一次的耕耘，在做五千年的追忆吗？我听见那山寨里牛皮大鼓的巨响了，那位壮如山，健如牛的汉子擂打得多起劲啊。这是你的长叹、你的呐喊吗？我终于明白，你不再是一头安静的牛，一座暗哑的山了，因为从那急骤的鼓点里，我也听到了历史的足音，这足音，也正震撼着我的心啊。

我终于去拜访卧牛山了。我涉水而过，来到了卧牛的身旁。卧牛的身躯太庞大了，庞大得令我感到了自己的渺小！因为大，也使我有了一种安全与温暖的感觉，犹如归到了自己的家园，重返到了母亲的怀里。路很多，都如一道道的伤痕，在乱石间捣来拐去，极深极仄。路也乱，错错连连，如交织的脉网，布满了整座山。我便随意拾了一条迂迂而上。坷坷洼洼的路石就常常绊了我的脚步，使我不得不做四脚兽样地攀爬而行，不得不体验起我们的祖先变人的艰难来。

路旁山石垒垒，或大，或小，或高，或矮，都是锋利锋利的，如刀似斧，闪着刺目的寒光。就在这石罅间，全长了野草和苔藓，斑斑驳驳的，似是一种符号，一种图案，记载着往昔和沧桑。我细看石质，全属岩浆岩类，才知卧牛山原是一座火山，曾经喷过火，发过热，只是亘古洪荒，经过数亿年的地壳运动，才变成了现今卧牛似的模样。

终于，我登上了山梁，站在了卧牛的背上。我临风而立，"前不见古人，后不见来者。""念天地之悠悠"，我竟也"独怆然而涕下"了！这是一种怎样的感受啊！卧牛把我驮起，我由此而高大了起来，成了一位顶天立地的巨人。我似乎与卧牛合为一体了，灵魂似乎由此而得到了升华。我仰观长天，竟与地同寿，与天同高了。

在卧牛山上，我已不再是我了！

乡

吟

******

母亲河

母亲河就盘踞在故乡的西山脚下，自那谷罅间隐伏而出，做蛇行状依山而来，流至村口。

春天，河两岸则桃树红英，杨柳婀娜，丝草如蓝。掠水乳燕一声呢喃，母亲河便酥酥地打了一个春颤。若是夏日，两岸桃柳拢抱成荫，河水粼粼，鱼儿对对，又正是瑶家山寨里少男少女们谈情说爱的好去处。

掬口母亲河的水，如饮酿琼，甜在嘴上，醇在心里，于是伏身汲饮，喝着喝着，忽见河里自己的憨态，如婴儿哺乳状，不禁顿悟：这母亲河不正是一股山母的清乳吗？故乡瑶汉两族山民同饮母亲河的水，同耕母亲河灌的田与地，不正是一条藤上结的瓜，本是同根生吗？

母亲河最热闹最有趣的时分当属仲夏的星夜了。劳累了一天的农人们，早早吃了晚饭，男男女女，老老少少，倾家直往母亲河奔。男人在上游，女人在下游，夜幕做屏，河坎为界。只听得扑通扑通，黑压压一片人影直往河里扑，如孩子扑向母亲的怀抱。不一会儿，上游下游便熙熙攘攘，搓洗声、打骂声、笑语声、流水声……一片喧哗。不知是哪家的瑶家妹子嗓子发痒了，禁不住唱出了一段歌子来，上游立即做应和，先是一对一，接着便是两对两，三对三……一下子，全寨子的瑶汉两族的汉子与女人全都上阵：有脆生生唱"阿哥阿哥你好负心"的，有硬邦邦唱"阿妹有双好巧手"的，也有模仿着流行歌手嫩嫩儿唱"我的故乡并不美"的，还有扯着鸭公嗓吼着"九月九酿新酒"的……真个全成了一片歌海，直惊得月儿羞隐，星儿灿灿！

唱啊唱啊，母亲河痒痒地，不由得一个翻身，故乡瑶汉两族人的心儿便被这歌子紧紧地拧在一起了……

河 石

故乡的母亲河里除了那柔柔的流水，躺满河床的，便全是些坷坷洼洼的河石了。

这些河石并不圆滑如卵，它们直就是直，仄就是仄，棱棱角角，具有山里人的禀性，老老实实，没有一点做作。"这石儿正是山的骨呢！"如扎了根似的居于河心，任河水做无休止地噬咬，即使伤痕累累，也毫不动摇。一年又一年，这顽石就成了奇形怪状。任你去做无尽地想象：什么"懒汉晒日"啦，"瑶姑担水"啦，"八戒娶亲"啦……每一方河石皆是一个传奇的灵物，一尊天凿的雕塑。

这河石又最硬最实，南瓜般大的一方便足有六七十斤重。任你怎样锤砸，不待锤儿卷花，它是不会全碎的。于是，山里人便把河石搬回做吊脚楼的基石，让它顶住大柱，撑起高梁，他们就可安心地在屋窠里生儿育女，做周而复始的生命循环了。或者，挑两块方方平平的，抬回来，錾出两个厚实的圆盘，架在堂屋角，就成了一台古老的石磨，轰轰声里便会有生命的浆液碾出。也有选一质地细腻的，扛回来，便又是一块上好的磨刀石，霍霍地磨砺着山里人的心，那砍山刀就光亮亮如天上的一挂月牙了。

有的河石生得奇巧，整个儿身子横卧在河心，弯着脊梁，这就成了一座雅致的石桥。牛儿打上蹚过，留下凹凹的脚窝，如一朵朵生命的花；牧童们打上蹦过，光光的脚丫儿就踩在这花里，洒下了串串天真的笑音。有的河石兀立水中央，如小荷露角，妇人们便把它占有，把件件浣洗的心事铺在上面，挥动着棒儿使劲捶打。看着那一上一下的动作，实在令人神往，引出一些悠远的遐思来。

这河石颜色大半褐红；其次便是青灰，也都很光滑，如汉子们的铁脊梁。河浪袭来，滚珠碎玉，又好似汉子们在烈日下劳作的汗珠子，每一颗水珠里都滚着一个太阳。若是月夜，月光倾泻在河石上，光亮如霜，朦胧的水雾又若薄薄的一件梦纱，披在河石的身上，轻柔而又缥缈。

河水低吟，这幅幽韵的夜景，正是一曲高雅的古乐，令人心净返真，忘却了一切尘念。

奇 鱼

忆起了故乡的河石，母亲河里那奇异的鱼儿又偷偷地游进我的梦中了。

这鱼儿并不大，约莫只有三指来宽，形状也不特别，只如一片又宽又长的柳叶。奇怪的是，它全身却没有一片银鳞，就只是一个光光的肉身儿。而且，这肉身儿又是特别得很：通体透明，如一块有生命的活水晶。那肌肤犹如鸡蛋清一样，清清的，柔柔的，包裹了红心、嫩骨，真以为它是水做的呢。这鱼儿浮游在空灵灵的水中，就是晃一晃尾鳍，也似乎牵了岸上的心，真有点担心，它会忽然化成了水呀。

更奇特的是，这鱼儿的命又是太薄了。它几乎一刻也不能离了水。这要你把它从河里捞出几分钟来，它也会立即死去。而且，它又不能用其他地方的水养活，就是把它换一换别的地方的水，它也不能存活。最奇的是，母亲河又似乎成了这鱼儿的世外桃源，几乎整条河里都是清一色的这种鱼。它们成群结队地生活在母亲河里，世世代代繁衍着，正如先秦的遗民，那么怡然，那么安和。

这鱼儿还有一个极富诗意的名字，人们都叫它水花鱼。这名儿是怎么来的呢？村里一位老态龙钟的白发老人为此讲述了这样一个神奇的传说：

相传在许多年前，母亲河畔住了一对老夫妇，老夫妇养育了一个山花般美丽的女儿，名字就叫水花。水花长到十六岁时，被河对面的地主看中，为了占有她，地主便使了一条恶计，替她做媒，嫁给地主家一个名叫春山的长工。结婚的那一天，地主竟将春山杀死在母亲河畔，然后又逼水花与他成亲。水花不从，就从春山被杀的地方投河自尽了。

后来，这河里的鱼就全变成这模样了。人们都说这鱼是水花姑娘的魂儿化成的，于是，人们就将水花姑娘的名字赠给了它。

听了这个凄美的传说，我更加觉得这鱼儿奇特了。因为它不仅是水花姑娘的魂儿，也还是那纯洁爱情的化身。

空灵潭

环山合贝，故乡的空灵潭就藏在这贝壳里。

它圆圆的，如山姑的梦眼，多情而又深邃；它碧碧的，似一颗无瑕的蓝宝石，流溢着水色与山光。

白天，它是姑娘的妆镜，小伙的澡盆，映一朵含情的春花，洒一串银铃的笑语，洗一身疲劳与艰辛，留一份山的粗犷与野趣。入夜，它收一瓢星汉，任蛙们齐擂，蝈儿齐鸣。

潭里的水极清澄，让你感觉不到它的存在。停憩的鱼儿，如停在一个空灵里，一动也不动，似正在做一个空灵的梦。一粒白石掉入潭里，以一个极慢的速度在这空灵里缓缓下沉，渐渐地，便躺在潭底了。四围的山形云影皆倒映在这潭的空灵里。一丝风儿拂过潭面，这空灵摇摇晃晃，一切又似在趔趄。

空灵潭正是母亲河的源头，母亲河的水就是从这潭里流出来的。母亲河日夜不停地流着，这潭也从未干涸过。它总是盛得满满的，深深的，像一个神奇的聚宝盆，总有流不完的活水。

潭底有一个碗口大小的小圆洞，它又正是空灵潭的水源出口了。听白发老人说，那洞里藏了一条小白龙，那水就是从小白龙的嘴里吐出来的。儿时的我真希望能亲自看看神奇的小白龙，可白发老人却告诉我凡人是看不见龙的真身的，只能看得见它的化身。我就问他龙的化身是什么，白发老人告诉我，龙的化身，就是那蜿蜿蜒蜒的青山啊！

山是龙的化身，空灵潭不就是一颗龙珠了吗！

云上的年轮

圣心

******

一

道州，一个小小的南蛮古县。从地图上看，它只是一粒黑芝麻似的小圆圈，难得有人去注意。因了它是我的故乡，这粒黑芝麻似的圆圈便如一颗黑色血痣，神秘地长在我的心头，在许多不为人知的时候，它总会让我感到发自生命深处的阵阵不安和躁动，恍如我的灵魂中了巫师放下的蛊。

是的，我对这片土地一直怀着深深地敬畏。它古老，它神奇，承载了太多的创伤和苦难。据《道州志》记载：道州人多有病不信医而信巫，延至家中，满堂供役。巫则呜呜吹角，戟指念咒，蹁跹跳舞，名曰冲锣、曰送鬼、曰拜神、曰十保福。愈则归功于巫，不愈则委咎于命……长期以来，我一直都不明白，我们道州人怎么如此信巫鬼，重淫祀，不管碰上一病二痛，还是撞上三灾六难，竟总是仰祈于上苍，将自己的命运心甘情愿地交付于神灵来主宰？

如是，自古至今，道州总是被一片幽幽的巫风神雾笼罩着，氤氲着，实在让人难以看清它的真面目，更不必说能透彻得了它那诡异的内里了。

直到不久前，我来到了道州的鬼崽岭……

二

鬼崽岭，位于道州与江永两县交界一个叫田广洞村的境内。神奇的
九嶷山自北朝南蜿蜒而来，入了道州境内，恰与巍巍的都庞岭遥遥相望，
它们之间的皱褶处，竟绵延凸出一座叫铜山岭的长长山脉。此山起伏走
势如潜龙腾渊，暗波吞涌，刚好拱了九个大弯，兀地便在一平川里戛然
而止，鬼崽岭正好就藏在此山脚下，而那平川里的几百户山里人家便是
田广洞村了。

鬼崽岭只是一个形若馒头的小土丘，平缓无坡，浑圆有度，寂寞而不
冷清，偏僻而不荒寒。丘下隐伏一脉泉眼，长年水流不断，汇成了一弯月
牙形的清清山潭。据说这正是田广洞村唯一的水源，村里两千多号人的生
存、一千八百多亩水田的浇灌，便全靠了它的涓涓不息才得以延续至今。
丘上长满了野草和荆棘，密密麻麻，郁郁葱葱。在一个不到两亩见方之
地，奇奇生出了近百棵古栎树，苍虬劲直，树冠如云。令人不可思议的
是，就在这片古栎树林里，满地竟然冒出成千上万个奇形怪状、大大小小
的石雕人像！按了我们道州方言，人的画像或雕像被唤为"鬼崽"（原本
是指人的灵魂之意），这个小土丘便由此而得了一个"鬼崽岭"的名字。

清明节，是一个祭祀鬼魂的节日，同时也是一个清洁而明净的时令节
气。我便选在了清明这天去了一趟鬼崽岭。

我携了友人一同前往。不到上午九时，我们便到了。但见云迷雾锁，
天地之间，一派空蒙。山前那山潭的水清澈得叫人吃惊，宽宽的月牙潭
面，活似一块巨大的纯色璞玉，承了天光地气的孕育，显现了它洁纯的本
色。数朵嫩绿的水莲漂缀潭心，青青亭亭，四围水浅处，则疯长着丛丛水
灯草，这种常被人们当作灯芯、用来点灯照明的野草，如根根细瘦的钢

云上的年轮

针，风姿绰约，很是可爱。

走进那片古栎树林，只觉得古木森森，大地沉沉，四野一片寂静，叫人不由得心生肃穆之情。再看那遍地的神秘石雕人像，全是千形万状，神态各异：有的横眉瞪眼，有的笑容可掬，有的道貌岸然，有的憨态淳朴，有的威武神勇，有的文质彬彬。或坐，或立，或跪，或卧，皆怪诞诡奇，如魅似神……倏忽间，便疑心自己真是撞进一个幽冥的鬼魂世界了！

好久，我才晃过神来，便欠下身子，扒开密乱的杂草，拭去斑驳的苔痕，细细欣赏起这些石像来。它们高者不满三尺，小者矮约数寸。我凝神细察，这些石像该是极其远古了，雕刻的痕迹虽拙朴简单，但那条条粗犷有力的线条，则透射出了强烈的生命原力，直颤你的心灵。有的石像看去极似磨制而成，通体光滑，全无一丝刀刻的痕迹，整个石像只是呈现出一个人形的影子而已，却仍能使人感受到了那人体之美的无上神妙，夺人心魄。也有的石像线条多变，造型复杂，已雕刻得极其精美了，甚至让人隐隐可窥得见那久远时代人们丰富的精神气质。听一村人说，这些石像原本是深埋在土里的，由于日久年远，山土渐渐风化坍塌，有一些埋得较浅的，才慢慢暴露了出来，直到如今，这片土地里仍还埋有不计其数的石像。从这些石像雕刻技艺的先进程度不同来看，我们很容易推测出，它们一定不是哪一个时期所留，必是历经了若干个不同历史时期遗留下来的，只是后来，不知何时，也不知何因，人们便再也没继续将其埋在这儿了。

就在这些石像旁边，竟然还立了一方古老石碑。碑上字迹已漫灭难辨，唯依稀可见有"游栎头水源坛神记……有奇石自土中出，俱类人形……然相传能祠福人生死，久出云降雨，利济乎人，故至香火甚盛。……"等字样。

原来，这儿曾是远古先人们的一个祭祀场所！

三

可以想象，人类在那蛮荒的远古时期，过着茹毛饮血、人兽交杂的生活，跪伏于强大的自然面前，生存是何等的艰难，命运是何等的多舛。人类唯有在自己蒙昧的心灵里，建构起一个神的太阳，以照亮那黑暗幽昧的历史征程。于是，万物有灵，天人合一，人类开始一步步通过信仰的力量找到了自己永恒的灵魂，也一步步走进了文明的时代。

看着这些石雕人像，我仿佛穿越千年，又看见了远古先人们那狂热的巫术祭祀场面——在巫师的带领下，他们如火如荼，如醉如狂，虔诚而野蛮，热烈而谨严，和了鼓角齐鸣的原始音乐，他们唱之舞之，拜之祈之，血液在燃烧，灵魂在出窍，隐隐中，他们似乎从中体验到了一种来自遥远宇宙的神秘感应，与冥冥上苍、与他们的先祖完成了某种心灵的交流……

我们现代人看到这场景，也许会嘲笑他们的蒙昧，也许会耻薄他们的无知，但是，我们绝不能漠视远古先人们的真诚，更不能忽视他们那原初美好的心灵。他们就是凭着这份生命的真诚，这颗原初的天地之心，才孕育了辉煌人性的"胚胎"，培植了感受人间万物的灵性！我们也万不能小看了这些已成陈迹的粗陋石像。曾几何时，它们都是远古先人们火一般炽热虔信的凝固，是他们灵魂的再造，暗藏着具有神力魔法的舞蹈、歌唱、咒语的记忆，也浓缩、积淀了他们强烈的情感、思想、信仰和人生的希冀！我们这些所谓的现代人掌握了科学和理性，自以为成了自然的主宰，可是，当我们披上了文明的虚伪外衣后，却遗弃了自己最初那颗与万物平齐、最美好本真的心灵，直至陷入了欲望之渊而无法自拔。在早已坍塌的神坛面前，或许，我们这些远离了神的现代人才真正是一群迷失了家园的孤魂野鬼吧。

云上的年轮

冥冥中，我仿佛听到了一种遥远的召唤，刹那间，我的心头一阵惊栗，全身如同被一道强烈的电流击中，竟身不由己，"扑"的一声拜倒在地！

　　一种久违的激情让我流下了感动的泪水。多少年来，为了慰藉我孤独的灵魂，我从一座喧嚣的城市逃到另一座喧嚣的城市，从一个冷冷的屋檐下寄居到另一个冷冷的屋檐下，却总是失望和苦恼。没想到，此时此刻，却在自己生命的故乡圆了自己的梦想，如同那位叫高更的法国艺术家来到了塔希提海岛，终于寻找到他心灵的故乡一样。

四

　　从很多原始人居住的遗址中考证，在他们的很多墓穴中，我们看到了很多用来祭祀而被杀害的人的尸骸。由此我们可以断定，人类最初为了求得上苍和神灵的福佑，或是为了埋葬一个部落的重要首领时，往往会献上最高规格的祭品——人，即把活人像牲畜一样杀掉用来祭神和陪葬。这是何等的残酷，何等的悲壮。人类就这样蘸着自己的鲜血一步步蹒跚而行，不知道走了多久，或许是上千年，远古的先人们才终于认识到，人的生命的真实存在才是最重要的事情。于是，先人们便将杀人祭神陪葬的习俗改成了用刻塑成人像的木俑、石俑和陶俑来作为活人的替代品。从此，原始的人道和博爱精神产生了，这正是远古的先人们一个伟大的跨越和进步。

　　我们一定不要忘了那第一个实行这一重大改革的远古先人。这个人也许是位原始部落的首领，也许还是位高贵的巫师，他用他的勇敢和智慧拯救了无数人的生命，他完全称得上是人类一个最远古、最伟大的先驱和英雄。他那伟大的精神，一定也得到了无数远古先人们的敬重和礼赞。

　　想到这里，我的脑海里忽然跳出一个大胆的推测：鬼崽岭既是远古先人们的一个祭祀场所，埋了这么多的石雕人像（即石俑），那这儿在作为祭祀场所之前，会不会正埋了这么一位伟大的远古英雄呢？

为了证明一下自己这个突发奇想的推测，我沿着此山走了一圈，才发现在这些石像的右边，还耸立着一座圆圆的小山包，上面长满了杂草和小树，的确有点像个巨大的坟墓。我问在此看守的那位老头，他竟然告诉我这座小山包真的是一座坟堆，这是他小时候就听老人们说过的一个传说。他还告诉我，就在几天前，还有电视台的记者来专门拍了电视。一位姓周的专家还告诉他，这儿可能就是那个叫舜帝的陵墓。老头怕我不信，又对着周围的山形地势指点着给我看，说左边的那条伏地而来的山丘，就是"青龙山"，右边的那座拔地而起的山峰则是"白虎山"，左青龙右白虎，不就是绝佳的风水宝地吗？风水这一套我当然不信，可经他一指点，我倒也感觉到此处风光真的气度不凡，甚是奇特了。

　　至于这儿真的是不是舜帝的陵墓，我的确不敢全信，但这儿是个陵墓，埋了一个非同寻常的远古先人，我却是深信不疑了。想想看，不必说在远古时代，就是当今，又有哪个普通百姓死后能垒得了一座山那么大的坟堆呢？这坟堆的旁边，还埋了这么多的石俑，不是一个非凡的人物，又是谁呢？

　　当然，我还是一厢情愿地相信那位周先生的猜测，这位伟大的人物就应该是中华道德始祖大舜的寝陵。因为只有他那"德为先、仁为怀、苦忧人，只为苍生不为身"的伟大精神才值得万民敬仰和追随，才值得人们永远祭祀。

　　不过，这位伟大的先人就算不是舜，或许一定也有与舜不相上下的功德和非凡的精神感召力，就像那第一个实行人祭改革的远古先人一般，受到了人们永远的纪念。在那远古时代，先人们依仗着心中神的光芒与命运作着不屈的抗争，一定也会把他们身边这些伟大的英雄人物视为了能通神灵的先圣。先人们便自然会对他顶礼膜拜，在此举行隆重的祭祀仪式。为了永远追随他，人们就将自己的模样刻成一个个石像，代表着自己的化身和灵魂，埋葬在这儿，以获得心灵的慰藉和精神的信仰。于是，一年年，一代代，久而久之，这儿便成了远古先人们一个重要的祭祀场所，一个人神交流的精神圣地，也留下了这成千上万个、积藏着生命之美的石雕人像。

五

当我战战兢兢地爬上这座坟堆似的小山包时，一股无形的力量把我镇住了。我不敢发出一丝声息，唯有坐在一方山石上，让自己忐忑不安的心复归于宁静。

谁能想到，这儿竟长眠着一位了不起的远古先祖呢？千百年过去了，他的身子也许都已不存在了，但他的骨骼一定是化成了这山上的岩石，肌肉化成了这山中的泥土，血液化成了山下的泉水，毛发化成了这满山的青青野草。而他那颗与神相通的心呢？则一定还活在这山的厚土里，在永恒不息地跳动！我侧耳细听，仿佛依稀还能听见一串串心跳，正从这山的最深处、从遥远历史的源头传入我的心灵！

谁又能想得到呢？曾几何时，历史偏偏像断了层似的，人们竟忘记了这儿还埋着一位远古的伟大先祖，更忘记了这颗永跳不息的心灵！骄傲无知的现代人啊，你们为什么拥有了智慧和文明，却轻易地遗失了自己那颗与天地同辉的圣洁之心了呢？

看着山下那些文明时尚、虚华浅薄的游人来了一拨儿又一拨儿，围聚在石雕人像前，或窃窃私语指手画脚，或搔首弄姿争相拍照，或大惊小怪地齐呼"哇噻"，却没有一个人朝旁边这座小山包看上一眼。此刻，只有我一个人孑孑独立在这座小山中，只有我一个人知道这儿埋着一个不为人知的伟大先祖。我真想大声地告诉那些游人，可又有谁相信呢？

此时，我才知道这座小山包真是太荒芜、太孤独了，正如长眠在这儿的那位伟大先祖一样，连个名字都没有。我不禁暗暗地为它叫起屈来，一种深深的抱愧之情直袭我的心头。也许，凡是伟大人物都注定是永远孤独的吧，没有孤独，人怎么能够与神接近呢？这样想来，我不禁又为自己的短视而深感羞愧，几千年的风化侵蚀，几千年的日晒雨淋，都坚守过来了，难道还在意这点冷落？何况，就在他的脚下，还埋了成千上万的石雕人像，有着这么多追随者的灵魂们在此做伴。

我也突然明白了那些石雕人像，内里为什么孕育了那么极致的生命之美——因为这些追随者们的灵魂已被这颗圣洁之心所照亮的缘故啊！

宇宙茫茫，朗朗乾坤，还有什么比这颗充满神性的心灵更耀眼、更高贵、更永恒呢？

云上的年轮

乡
心

＊＊＊＊＊＊

尝试着用语词将故乡从内心唤出，的确是一件既令人兴奋，又倍感艰难的事情。仿佛是一个神美的梦，在无数次的暗夜冥思中，这些粗糙而又单纯的语词，犹如故乡母地里那被唤作"玛瑙骨"的粒粒斑斓彩石，似被天光地气所擦亮，都急迫地要投身到这素白的纸上来，以完成它们这神圣的精神使命。于是，在灵魂深处，它们皆在作着无声地喊叫，吵闹，激动不已。

故乡的名字叫"倒江源"，地处永州道县西北方向，即从县城道江镇出发，有两条路径可抵至：一是经寿雁镇、乐福堂乡，从富头村北行约三十里便是；二是沿寿雁镇、仙子脚镇、桥头镇、一直到村所隶属的桥头林场，再往西北方向行约三十里也可到达。有意思的是，这两条路径都分别有近三十里的蜿蜒山路，窄极陡极，曾经都是需要用双足步行方可。就如两条大地上最细微的毛细血管，只容得下一些如蝼蚁般的生命在其中手胼足胝地踽踽独行。自 20 世纪 90 年代后才靠着父老乡亲用锄头铁锹硬是从那崇山峻岭间凿掘出一条简易的村级公路，通连到了富头村，但也只能开得了摩托与中四轮之类的农用车。从地图上看，故乡附近一带的地域竟与零陵区、双牌县及其广西交界，横跨"两省四县"。正如民国旧谱上记载的："营道西进贤乡，倒江源钜辘魏氏居焉。"

我实在是不想让这些满溢着情愫的语词，老是枯燥地去介绍着这些亘古似乎都不会变的事物，更渴望让它们从内心出发，去寻觅故乡那最初的时光源头，去打捞一些沾满了血迹泪痕，或是痛苦或是心酸的传说与史实——

正如故乡村名"倒江源"这三个奇怪的字，有人认为应该叫"到江源"，可有人却说谱书上就写着叫"倒江源"，从故乡村中那条恍若"天水银河"的无名小溪，因是道县洑水河的一源脉，因此，名唤"到江源"似是没错。但古谱书里却又明明写着"倒江源"，据旧谱里对先祖元吉元圣二公的合传记载，再结合宗族里流传至今的传说，原来其中还深藏着故乡一段极其悲壮的汗青血史：先祖元吉元圣公之父可教公，零陵高贤村人，明末清初年间，曾官任知县。传说贤水上游何仙观周姓官人某次家母设寿宴，可教公前去祝贺。在酒席上因喝多了些酒，内急不已，便在府内一巷里尿溺，不巧被府内一家仆撞见，指责之中自然发生了争执，或许可教公说了几句酒话狂语，从此便与周家结下了仇隙。周姓官人后来便诬告陷害可教公，曰他企图招兵买马欲谋反，上奏到朝廷。还伪造出了诸多莫须有的罪证，比如，高贤村有一叫"朝廷里"的山名，本村又叫"高贤村"；又有一个叫"安门贤"的山地名，便被以讹传讹，说是可教公在老家设立了"朝廷和省及县"。一次没告中，周家又使奸计，将"砍竹为简，上刺谋反"等一些文字刻写于竹简上，抛于贤水河，随水漂至潇水中，然后又叫人暗暗拾去，送至永州知府，以捏造成为罪证。就这样，可教公终被其告入冤狱。

时值明末清初，天下岌岌可危，朝廷自然宁错杀一千，不愿放过一人。痛苦绝望之极的可教公，终无回天之力，英雄气短，于是在狱中吞金而亡，以死洗冤。可教公幸有四子，分别为元素（尚能）、元善（尚达）、元吉（尚逊）、元圣（尚贤）。元素致力仕途，官至衡阳知府；元素中年弃读经商，两子皆客居他乡；元吉、元圣二子发愤苦读，"均优贡生"，即明、清两朝由府、州、县学推荐到京师国子监学习的人，相当于现在北京人民大学的高才生矣。父亲突然含冤而亡，母亲三日竟不进水米而哀伤欲绝。如天崩地裂，家仇国恨齐袭而来，恐遭株连之罪，元吉元圣兄弟二人只得离京回乡守持家业。在无尽的悲痛与不幸中，在破碎了所有的人生理想、于无路可走的万难之际，兄弟二人"遂携妻若子，举家南迁"，遁隐于营道西乡之深山密林中。他们从此便放下书生意气，脱下那纨绔子弟的斯文与娇贵之气，屈居为一介农夫草民，勇敢地承担起开创新家园的大任："见其间泉甘土肥，人烟稀少，山重水复俨若小盘谷，可避乱容身，垂裕后嗣，遂家焉。""于是，除荆斩棘，戴月披星，不遑作息。迨日积月累，始置山场田土，课读训耕。当相谓曰：'吾兄弟积劳数年，今而后子孙衣食樵牧之需足矣。'"

还传说，南迁之时，正值寒冬大雪，天地皆白。他们兄弟二人为防止朝廷追兵循迹而至，便将鞋子前后倒穿着，这样雪中留下的，便都是与其行走方向完全相反的足印。因此，为纪念此次南迁寻居的苦难行程，便将故乡的名字唤作"倒江源"。还传说，零陵高贤村和何仙观魏周两族自此便结下世仇，曾经周姓人因进出都要路过高贤村，按规矩，骑马必下马，坐轿必下轿，只能步行经过。否则，必招致两村械斗。同时两族人从此也不再通婚结亲，否则家中必有祸端。当然，一切俱往矣，曾经的家仇国恨，都早已"相逢一笑泯恩仇"了。唯有先祖元吉元圣二公积一生心血与操劳、苦创家园的斑斑血泪史，仍永远地在震撼着吾魏氏每一位族亲的心。透过这言难尽意，情不自禁的语词拙句，似乎又让人闻见了他们那撕心裂肺的不尽悲鸣，在不忍卒闻中，他们那魁伟如山的高大背影，又似一方青天般，清晰无比地显现于心目前。

或许，正因故乡拥有着如此一段厚重历史，这方神奇的水土才"山重水复俨若小盘谷"——似乎是大地也承载不起如此沉重的苦难，便凹陷下去，形成了一个四面环山、如凤巢仙窠似的神仙福地。容我将旧谱

云上的年轮

里无名氏撰写的《倒江源村宅图记》这一奇文全篇引录至此，以永远铭记祖德庇荫，永远不忘故乡那最原初的神美风光，一如生命的乐土，灵魂的伊甸园：

营道西进贤乡，到江源钜辘魏氏居焉。按其山川形势，龙自九狮岭发脉，历莱子山起崇峯，为少祖候分二支，一左一右，层峦叠嶂，蜿蜒磅礴。左支至鬼谷岭，復开冲天云账，西中落一脉，成大金星，接东村老宅。右支至白羊岐，復起串珠，文星东落，一脉重开三嶂，接西村三宅。中夹一水，衡宇相望，四周群岭环拱，如万国候伯执玉帛来朝。其地周广数里，内宽外狭，巉岩曲涧，溪水环绕，恍若倒流，故名"倒江源"。中有小山，圆似太极，曰峦山。西村后龙形如飞凤，曰凤山。东宅天然一池，形颇方，潭水清幽，文鱼游泳，曰东池。西宅凿成一池，形颇圆，波光荡漾，荷芰飘香，曰西池。西村后上宅，一泉曰廉泉，中宅一泉，曰让泉，泉甘且冽，水激以清，在悬崖之下，屋舍之旁，可洗笔砚，可瀹茗置饮，以人之逸，待水之劳。又有四溪，东宅左右各一溪，萦迂如带，西村后连出二溪，瀑布横飞，自高而下，清冷莹澈，挹田亩。春夏澎涨，奔腾弛骤，直趋小江，江上下游，復架二桥，藉资培植，以济行人，望之好二虹横江，是为江源八景。其间厥田上下，芳树郁蓊，历年三百丁口蕃滋，背山面河，村庐云连，士农工商，各有职业，屹为营道西乡巨族。古称武陵源为仙境，以此视之，奚多逊焉！是为记。无名氏撰于民国十四年（1925 年）

文中对"倒江源"一村名则解释为"溪水环绕，恍若倒流，故名'倒江源'"，又似是一道天造地设的神谕。或许，正是这份偏远才得以保持了故乡这份幽胜与宁静。直至 20 世纪 90 年代初，限于交通闭塞，全村仍没有一栋土墙红砖水泥房屋，全是杉木吊脚楼。直至修通公路后，才逐渐建起了数栋零星的红砖水泥房，犹如城里人去了乡下，显得多少有些不伦不类。因村支两委班子能干得力，不仅于前年除夕接通高压电，让文明之光照彻村落，最近又开始着手修筑水泥公路，且已浇铸了一公里多远的硬化路面，不久的将来，山乡定将发生巨变矣。

诧异的是，笔者无名氏竟然忘记了将村落四周那数百棵高大古老的马峰松记于笔端，就如遗漏了那数百年来涌现而出的代代人才先贤般。故乡四周这些挺拔秀丽、高耸入云的马峰松足有四百多棵。大都有数十米之高，三四人方可围搂住，目前已被湖南省林业厅登记在册，成为国家重点保护古树。它们不仅早成了村人们心目中的"神树"，留下了诸多的神奇传说，也早化成了故乡一道亮丽的风景。至于村旁小庙里的"莫帝"，据本人考证，或许是指古时"莫徭"始祖，在吾魏氏来此居住前，此处附近应住过莫徭（即现今的瑶族）人。另，需补充的，还有故乡的"江源八景"：二虹横江、蜈蚣夹珠、凤凰展翅、四人抬轿、七星盼月、五龙归位、傲人冲天与犀牛汲水。一个如此偏僻的山野小村，竟然都有八景之说。更神奇的是，在村里一名叫魏美棠族亲的老屋神龛上，至今都还悬挂有一幅由著名书法家何绍基亲笔题词的大寿匾，上刻写有"庚星永耀"四个镏金大字。故乡四百多年来，一直兴旺发达，人寿年丰，目前居于此的魏氏族人已有六百多人丁。也难怪附近十里八乡便有俗语说："四十九个源，如不得一个倒江源！"

故乡族亲们对这片热土之挚爱，之深厚之虔诚，几乎已成一种深沉的精神信仰。他们深知这儿留下了自己生命里的一切，包括肉身、根骨、血水，与灵魂。因此，自元吉元圣二公创村近四百多年来，其"基业创造之广，子孙发越之繁，屋舍云连，人才蔚起，经文练武者代不乏人。"而近百十年里，首推魏子珊（世玖）（1910—1951），一学问渊博的民国旧文人，传民国年间曾任过桂阳县代县长，因军阀混战，天下大乱，只好解甲归田，归隐乡居。据说他是骑着一匹高头大马，身挎一杆盒子炮回村的，那威风凛凛的英武模样被后人传为美谈。之后，他又在村中开一中药铺子，以悬壶济世；还自办一私塾，诲人不倦，树才育人不计其数——譬如，本村后任中共干部的魏载昆，还有邻村燕垒，官至零陵地委副书记的黄森等诸多杰出人才，皆为其得意门生。子珊公还为村里修路架桥（月亮湾山下架一石板桥），在续修民国旧谱等事宜皆付出诸多心力财力，后在新中国成立之初，于夜半时分，沐浴净身后着一身素白衣服而悬梁自尽，堪称村中德高望重的一先贤也。随后涌出的魏军、魏强兄弟毕业于道县国立师范，皆为民国时期的村中才俊。其中，魏柳棠（载禄）（1927—1968）则就读于1948年黄埔军校，毕业后因回家结婚而延误时机，失去了与国民党旧部的联络，新中国成立后竟因此而被捕入狱15载。1968年遇"文化大革命"而被杀。如今，更是"桐山万里丹山路，雏凤清于老凤声。"如魏载昆、魏载周、魏世相、魏载强、魏世见、魏嘉敏、魏小云、魏小军、魏载润，以及魏世立，魏载武、魏载松、魏载念等诸多能人才俊，皆长江后浪推前浪，泱泱浩荡，蔚为可观。

故乡倒江源，又怎能经由这区区数字便完全能抒写于纸上？时光，永远是生命最神奇的容器，就如这片圣地永远是灵魂的原土般，在内心无数次的震颤激动中，常会涌起阵阵撩魂的神思。譬如，村落四围高山陡岭间那层层梯田，一如故乡的指纹年轮，收藏着往昔的记忆，永远闪烁着熠熠的生命之光，似乎正向我们暗示着一个天地存大道的神机与玄秘：在那高山之巅是广袤的森林植被，终年云雨积聚。温湿的季风自山外吹入这层峦叠嶂之中，森林便通过它们那茂盛的枝叶与发达的根系将雨水收集起来，形成千万条细流汇入山腰处的层层梯田，从而去浇灌那人们赖以生存的谷粮。最终，这些水流在完成了它们哺育生命的使命后，又流入村中那条秀丽的小溪，直至奔赴大海重又化为云雨……如此循环轮回不已，一方水土养一方人，万物生灵便得已生生不息。

这，便是生命与宇宙的玄妙所在。这，也正是将故乡推向那永恒圣境的神力之源。

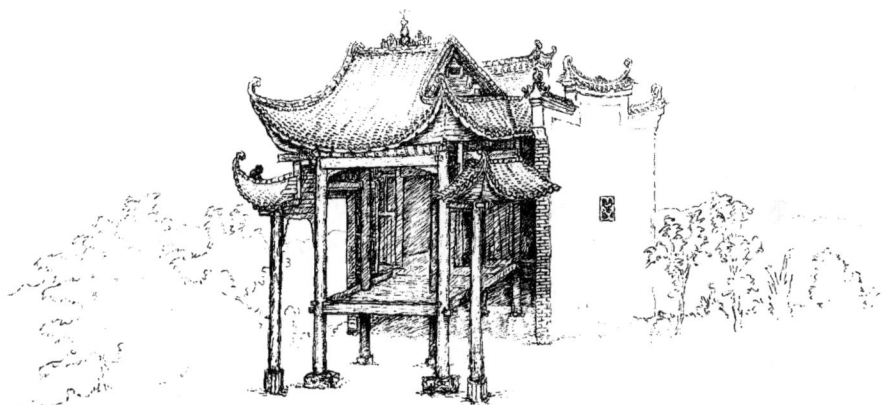

云上的年轮

访
春

******

时逢初春×星期日，吾与学友秋子结伴郊游访春。一路感悟良多，遂意做访春系列。因寻了个素念淡泊的由头，故谓之曰："素心小记"。全是些陈词谰言，只求一个真字而已。

——题记

圆　丘

我们自东而行，越凤凰路至一田间小径，遥见尽头处伏一小丘，半圆微凸，草色浅绿，朦胧入目。登至丘上，却满是坷洼乱石，稀疏荒废，哪有一点春意？正在遗憾之际，突见丘顶洼下处藏一小潭，一脉银流从乱石堆隐伏而入坠潭心，一眉春痕微露于潭沿，我不禁暗叹："好一个春的眼！"而潭中央又突兀一怪石，如牙似玦，石隙间探露小草，素花，倒映于碧水，和风微澜，真有点顾盼神飞之态。

秋子也是诧异，惊叹于圆丘的奇，我也是想，这圆丘或许是孕育了一个什么机缘的，我们几番揣摩，终是愚迷，只管前行去了。

洞　记

过小丘约半里，一山横亘如屏障，脚下小径便在此隐去。至山根，秋子眼尖，竟发现一巨石崩裂处有一眼黑洞，有雾吞吐，蔚为奇异。

我与秋子屈膝而入，洞内寒若冰窟，触其岩壁，竟酥寒透骨。拾石叩之，响若金音，石却化水在掌心，才知是一冰团。秋子说洞里躲着一个冬天，此话不假。继进，耳际有团团嗡声，乃是极静之音。不远，竟面临岩壁，右侧却又露一洞门，曲延而下，深不可测。我对洞大叫，余音不绝，似传至地心而去。忽冒一缕云雾，面若冰浸，我和秋子急急退窜而出。

即出，春光融融，心舒目悦。还真有点从冬天归来的感觉呢。

夫妻坟

游毕黑洞，过一铁路，从一菜地而上，没入松林。林间鸟鸣蛙鼓，菇嫩芽雏，都似在争展着春的风姿。

越深，春也越浓。至山脊，却秃出一块白地来，中央一坟墓靠北朝南。近观，此墓竟有二顶，才知这是一个夫妻坟。见其碑文，字痕漫灭，只依稀可辨得"陈公李氏"四字。秋子不禁感叹起这一对百年好合来。我是一个善感之人，听得秋子一声长叹，也不禁勾了许多小伤细愁来，想想青春易逝，萍迹匆匆，人生难逢……唉，似乎这春也含有几许忧伤了。

走出松林好远，我还忍不住回眸凝看了几眼已化为一点的夫妻坟。

连心亭

过松林，又见一山亭。秋子如见祥云，欢跃如雀，我怕人羞笑，故作稳重状，手却早耐不住乱挥乱舞了。

登上山亭，粗喘如雷，静歇良久，心才得以安平。此时才发现此亭却并未提名，或许是遗忘了，但一细想，又觉不对，巧匠们分明是寓了另一番深意的，秋子聪慧，说此亭是不能用名来束缚的，各人上来有各自的品味，何必又要用一个什么名来桎梏自己呢？我忙问秋子品味是何处，他说体会在"连心"二字，我欣然而笑。

立于亭台俯瞰四方，满面眼里尽是春韵。天与云、与水上下皆呈乳白颜色，远尽处曲河若有若无，细细观摩，唯见河水一痕，河洲一抹，渔舟几芥，河中人两三粒而已。给人一种舒展飘然之感。秋子忽嫌亭上清寂，于是逐级而下，见石级上皆用花石嵌了许多几何图案，直至山脚，仍不得其解。又走数步，忽回头观望，才见得那陡陡的石级上的几何图案竟是十个龙飞凤舞的大字："世上无难事，只要肯登攀"。

秋子不禁感叹道：今日终又明白了这句话的另一番深意，人生一切的作为原是全在自己脚下呢。而我却感叹今日终是明白了无名胜于有名的禅意了。

观石墩

亭东三里即是曲河。我和秋子沿岸而上，但见春水初涨，河阔浪汹，船工号子和着机船的马达声全糅进了惊涛裂岸的轰鸣里，给人以磅礴之感。"春鸭落水知寒去，岸畔沙汀柳烟绿。"心境无尘，抬头见河洲绿得可爱，我不禁脱口吟出这两句歪诗来。不觉中，便又至一野渡之口了。

渡口人迹稀寥，藏一陌船，蹲一石礅。石礅系舟，做发力挣扎状。不知何故，石礅无规无则，本愚丑无奇，我们却感到了它分明是一团力的凝聚，竟将我们的行脚顿住了。我们不禁又痴意地品赏起这石礅来。

它是黝黑的，岁月的斑驳记载着它的往昔，纤绳的裂痕刻印着它的风霜。它是浑混愚丑的，似乎任何的比譬于它都会"跛脚"。但分明它就是它，扎根于这凄寂的野渡，踞了一个恰好，用自己内在的力牵守着停憩的船，有谁会来器重它呢！年复一年，洪荒亘古，长满了寂寞的苔藓，又谁知它曾诞生于火的岩浆呢？比起那珍石异宝，它是低下卑贱里的傲骨铮铮，无用之处的用处呢？

我凝神细赏，用手摩挲着，贴脸亲吻着，拾一小石敲之，浑然含糊，它又分明是默然的，我知道这正是满实之故啊。秋子听了笑道："这石礅是淳厚得很呢？"我听这话似是寓了意的，不禁也笑道："这石礅可不是一块难寻的'默岩'吗？！"

秋子竟羞笑我了，我知道自己说漏了嘴，忙红了脸，不睬且去了。

隐村记

离野渡百二十步，是一茂繁竹林，茂繁如一团绿云。绿云袅袅处，突而又有缕缕炊烟渲染而来。入林，果见柴门茅舍垒列，正是一隐村也。二人既入，便径向一茅舍而去。隔桃花，闻吠声。一桃面村姑正在花下绣锦，忽抬头，忙羞步而去。一妇妪早已伫门而望，与我们遥声相呼了，那好客的热情全掺在一声叠一声的酥音里，给人的感觉，是很有点"天不留人我留人"之味的。一进柴门，清茶早已摆上了桌，呷一口，只是淡，但似乎淡里还有几许快味。主人说这正是新采的早春茶呢。这时才发觉自己是有点醉意袭心了。

主人问我们为何而来，秋子说是来赏春悦心，主人惊异。我忙说此地春景可人，主人更是大惊，说此处有什么看头？破墙茅舍，比起城里高楼不知寒碜多少倍！我说，此地有真山真水，人皆淳朴不奸，心地素洁自然，连空气也是鲜活纯净得很呢，正是我们求之不得的！主人听后遂笑。

少刻便起身告辞，主人一再挽留，我已有点动心，奈何秋子不肯，便去了。

野　憩

隐村后靠一高山，我们乘兴去攀登，至半腰就汗流浃背。越上路越细，草没路迹，常常绊脚跌失，越登越难，离山顶约数步之远，看去犹是遥遥的似远不可及。

及至山顶，席地而坐，顾盼四围，如登东跳，我则心下怅然。少许，我们便掏出干粮充饥，食毕，则枕石而卧。仰观长天，鹰翔乘云，风过耳际，慢慢便呼然入梦，梦中觉自己是在驾风而翔，忽又自天而坠……真是"意有所极，梦亦同趣"也！

不知醒于何时，梦里之景早已消忘大半，天也渐晚，乃下山而返。

潭　井

自西而归，过石桥，穿两村，越石岭，绕三田，便至一梨林。

林间梨花成阵，落英缤纷。蜂蝶翩跹，风影婆娑。秋子贪恋，又穷林而去。至林深处，竟镶一圆潭，水碧勾人，潭中彩石如织，游鱼相嬉。更妙的是潭中央还砌有一古井，有凸石自潭畔兀立而去。一村姑正担水蹬石而来，绣脚欢跃，如点音键，那步姿正是一首优雅的舞曲，至岸，两桶竟滴水不溅，平满如镜呢。忽而村姑隐于花径，秋子便燕儿般到井台了。他大呼奇怪，"怎么井水高于潭水呢？"我也惊异，缓步而去，探头一望，果见井水高出潭面半尺有余，且水清如许，映出两张一大一小的脸来，谗饮之，则醇香清洌，别有一番甘味。我们久立揣测，也不知个中缘由。

退至潭畔，正待将去，秋子忽又发现潭水色泽不匀，半浅法深，碧青分明。我忙细看，果然如是，且又发现潭水色界线竟呈"S"形，将潭分划出了一个太极八卦图样。两鱼相拥，那潭中之井正恰是一鱼的眼睛呢！而另一鱼眼不知何故却不见显现，似乎这是一个自然的缺陷，而这缺痕又似乎是正是一个天设的禅机?!

我说与秋子，秋子也称神异。他忽又恍悟今日游来游去也正这么半个图样，我一细推，也称极是。我忽然一下子又想到始游圆丘的机缘，本是愚迷的心竟豁然而开，似乎一下子又恍悟到了许多难以言传的玄意。

秋子在归途上忽悠悠地说："这世间真是玄之又玄呀，访春竟也访出了一个小小的人生境界来了！"

云上的年轮

庙

记

******

道州之胜多为偏僻。古有元结之右溪，今有燕寨之五龙矣。

燕寨又称燕垒，属今道州一小村，因落寨之山形如一掠云飞燕而得名。五龙庙就坐落在燕之右翼尖处。由翼背鸟道蜗行而上，颇费劳力，多时乃至。庙宇早废，已近荒没。唯剩断墙，残碑。碑石苔淹，稀辨有"咸丰□□年立"云。庙藏山洼，坐南朝北，背靠丁岭，面朝贵山。丁岭聚首，有五龙之脉腾驾而来，磅礴逶迤，蜿蜒游流。五首亲昵而聚，如五君围炉而坐，温暖过心也！

庙谷多生古木，皆伟岸冲天，虬枝错连如祥云，大雨降而不湿，似有神异。庙基下坡又掩一深洞，狭如鬼门，一脉银流隐伏而出，跌入谷涧，如鸣金玉，此乃静谷之音也。有鸟声自天降，如仙乐，可谓天籁也。

立于庙背，一览众山小，远天处云蒸霞蔚，光柱林立。万山或蹴，或跪；或拜，或伏；或踞，或卧，似众臣朝拜于五龙也。众山间则平畴如锦，其中又绣有镜潭，编有带河，刺有豆人，织有船芥，而几处村落又如星点缀，似有吠声和风遥来也。居庙堂之高而超然脱世，因高而拓阔远，乃为人生之真境界也。

末云，好景不嫌偏僻，真人敢耐寂寒，又为吾游五龙之得悟也。

跋

张治龙

　　靠近五岭北麓的永州郴州一带，称得上正版的湘南，以前是蛮荒之地，现被视为粤港澳后花园，风景虽好，但现在真正切入五岭山系腹地风土人文的作品不多，不多的原因往作者靠的话，就是痴迷的文学人不多；不多，不是没有，我认识的魏佳敏算得上是一个文学倔强者，虽然我不能全部认知他思域的理念，从文学的用功上看，没说错。

他所在的瑶山，前世一座座光秃秃的，亿万年前就存在那里了，是先有骨或者说岩石，这些岩石有着斑斓的彩衣和内容，在闪电劈砍下，含氧化铁的岩石就产生了氧气与微粒，若干亿年后有了树，再过了几十亿年，草也长出来了，草与树争着要阳光照彻雨水滋润，它用自身的干枯引来雷火燃烧，看似柔弱的草硬是挣得了属于自己的生长之境，山的生命因时间由简单进而形态多样化，也神秘化，五岭山系虽然只能很勉强地归为我国山系的第二阶梯，但它从地理上，将中国南北分为亚热带海洋性气候和北温带大陆性气候，这些不是魏佳敏作品所要表现的东西，我们凭良心说，史前的这些事是自然科学家的领域。

魏佳敏作品表现的是当下的湘南，特别是当下瑶山人事，这些客体有些我是熟悉的，我也生在五岭长在五岭，母亲是瑶人，有基本的民风民俗灌入了我的生命基因，但与他作品的场域显然也不会是完全重叠的，尤其是作者的内心，所以，我仍然乐于细读他的每一篇作品。

一个作家要写犹如歌者要唱舞者要跳，是源于情不自禁但止于理性，作品是再现也是贡献，再现的是景观，贡献的是经验，人的生活经验都是靠年月积累的，因而我也不大迷信精英，精英是与魏佳敏一样的人，生命对于人做到了真正的平等，再现经验的文本，对于人也具有平等的权利，经验因经历而每人有异，只具有差异性而不是独占性，你写你内心，你写你经验，就如瑶山的花，各个不同的观感。

而瑶族对于花朵，似乎有着一种与生俱来的信仰和崇拜。在瑶族一个最初的创世神话中认为，一个美丽的世界，是由天上的星、地上的花和人间的爱共同组成的，人的生命，正是由始祖盘王之妻花英娘娘用一朵神秘之花托送而来。活着时，瑶家人喜欢唱着快乐的《盘花歌》喝酒助兴。死去后，瑶家人会为亡者吟唱一支《散花词》的幽幽古歌："轻轻接过花枝来，花在园中四季开；今夜将花绕棺散，从此亡灵上天台。你散花，我收花，收到花神娘娘家；再等来年春三月，春风吹动又发芽。"人生如花开，人死如花散；花开花散，冬去春来，来年花魂又变人……

因此谈到散文创作，作者要做的是去遮蔽，抒写新经验，你可以不面面俱到，可以不立意高远，可以片段，但你一定要给人善心而不是吊诡，要众生平等，这些，我觉得魏佳敏散文做得好，他的文章智性却老实，这样说有些读者可能觉得不爽，我要说的是散文最让人不爽最伤人的就是油腔滑调唧唧歪歪，掺杂着太多的话语泡沫。

相对于庞大的散文创作群来说，魏佳敏的新著，与其说是加入，不如说是逃离，尽管文本形式上，他展现的是对于湘南特别是瑶山细微或卑微人事的相思和回乡，瑶山的大美和人性的大善构筑了我们无法离弃的景观与存在，魏佳敏的词语为我们带来了柔性与硬度，宽度与深度，人物物人同构了浑然一体的生命游动，五岭瑶山万千姿态，皆是多维生命之展示。

"和许多孤独者一样，离乡人也常做思乡之梦。常梦见故乡母地，梦见童年。但不一样的是，在这些万花筒般的斑斓梦境里，总会涌现出水叶阿婆那只古钵来。朦胧中，这古钵的意象，犹如映在心镜里的一个幽影，不仅拂不去，闪不开，隐约间，甚至还会发出一种好听的声音，如同是谁在低沉地吟唱，哀怨而又缠绵。渐渐地，在这歌声的缭绕中，这古钵便游移出了梦之外：一觉醒来，万境归空，它竟仍然端坐在离乡人的眼前，并且更为清晰和真实，恍若凝住了梦里的所有情景，在绽出了许多埋在时光暗处的细节之时，也唤醒了离乡人内心诸多的记忆和思绪。"——在魏佳敏的多篇散文中，我读到的这篇最具神秘感受，古钵是神秘的，水叶阿婆是神秘的，离开了的水叶阿婆更是神秘的，而跟着离开的古钵继而也成了谜中谜。魏佳敏在这篇散文中没有解锁一位瑶山卑微的疯婆子和一个最不起眼的古钵的终极秘密，我可以读到对生命的尊重和生存的沉重，水叶阿婆和古钵都消失了，但仿佛徘徊在瑶山。

　　这本文集中，有许多关键词：母地，骨音、梦窠、火脉、碓语，它们或具有空谷幽兰般的圣象，或具备开悟般的梦幻智光，或有如缭绕不绝的梵音，你深入文本的丛林，就有挥之不去的东西轻易而舒缓地进入你的内心，你也俨然成为一位智慧达人，在纸上在瑶山奔跑。

　　在我的著文中，我是不喜欢向人详细介绍他人文字这样那样或七或八的，本来的秩序是按照读者的兴趣进入，继而精神照亮，这才是阅读的正道，因而对于魏佳敏这本书前面的字，我很有自知之明，我需要戛然而止，然后是你翻页，我唯一希望你的是，你的阅读就像你虔诚的做人，自始至终，这是阅读者的高风亮节，是我作为鸣锣开道摇旗呐喊者想要你墨守的潜规——作者用心写了，我们用心读。

改定于 2022 年 1 月 20 日